나에게
시간을
주기로 했다

我决定给自己一点时间

[韩]李彦妊 著　朴正敏 译

四川人民出版社

毕竟要走

很长很长的一段路

所以我決定停下來

等一等自己

Contents

第1章
决定不再追赶时间

宅女 004 | 在意他人的想法而过的一天 007 | 各自 010
给予时间 013 | 慢一点,慢一点 018 | 海玻璃 020
并不在意 022 | 放轻松一些 024 | 咖 喱 026 | 相似的人生 028
需要来点甜 030 | 我的第一瓶无花果酱 034 | 在济州岛 037
遥望夜空 040 | 刺 绣 042 | 第一次 044 | 怎么会知道 046
小烦恼 048 | 顺 英 050 | 晚间散步 052 | 安全带 054
让自己变得渺小的心 056 | 车前草 059 | 变得轻松 062
就像衣服被细雨沾湿 064 | 肯定 066

第 2 章
因为是在一起生活

买回植物，与它们一起生活 070 | 在乡下时 073
小心，小心，再小心 078 | 胶卷相机 080 | 和她一起熬过无数夜晚 082
为某人着想的心 084 | 每当登上南山时 087 | 因为细心，所以喜欢 090
保温便当 092 | 给妈妈染发 094 | 全家福 096 | 投入时间的那份心意 099
"人"这本书 102 | 在台风中 104 | 笨拙的安慰 108 | 那时那首歌 110
就算不表现出来 113 | 两个圆圈 116 | 曾经喜欢的人喜欢过的 118
久违的盆栽"散步" 120 | 真心讨厌的人 122 | 我的弟弟，东载 124
还没准备好 126 | 属于自己的人生 129

第 3 章

不完美的日子累积下来

像植物那样 134 | 久而久之 137 | 梦想 140 | 贪心 142

那时那句话 145 | 就算说我小气 148 | 需要空间 150

被折叠的记忆 152 | 不再联系的关系 154 | 喜欢独自观影 156

心的模样 158 | 再也无法一样的 160 | 后悔说出口的话 162

奇怪而微妙的感觉 164 | 夜晚来袭 166 | 关系熟的标准 168

真正的我 170 | 以更加成熟的方式做一个坦诚的人 172

独居生活技巧 174 | 摩托车 176 | 无法熟悉 178 | 两种人生 182

感到空虚 184 | 窗外的风景 186 | 何种心情 188

第4章
心潮涌动

就算不去催促 192 | 早饭 196 | 心潮涌动 198 | 完全信任 201
有什么梦想 204 | 天空的心 206 | 因为阳光，因为温暖 210
我以为我了解 213 | 礼物的达成 216 | 从简单的事情开始 218
一定要证明给大家看 221 | 什么都不做 224 | 想念的心情 227
依然是朋友 229 | 人生的所有场景 231 | 回忆似蜜 233
耀眼的青春 235 | 没有计划便是计划 238 | 降　噪 241
好好藏起来 243 | 下雨时 245 | 并非理所当然的事情 247

后　记 249

第 1 章
决定不再追赶时间

宅　女

我是个宅女，就算好几周不出家门，也不会觉得无聊。不过这种偏好有一个致命弱点：和别人约定好的日子越是临近，就越会心烦意乱！每当和人约好一起去喝茶、吃饭、喝酒、看展览或是听演讲时，我心里总会冒出这些想法：

"要是约定能推迟的话就好了，拜托！"

"要是对方临时有事，能取消约定就好了，拜托！"

问题不在于要见的对象是谁。不管是和好友通话时一时兴起而做的约定，还是由于工作原因与客户约的会议，又或是去自己非常喜欢的某个艺术家的作品展，走出家门的行为本身就会使我感到疲劳。但对方并不会察觉我的这种心思，因为一旦出门后，我就会表现得十分有活力，这也是事实。

就在几天前，朋友问我："没忘记我们的约定吧？"我回答道："当然了！"然后自己就像被人拎着衣领拖着走似的，艰难地洗完头，不情愿地走出了家门，但一坐上社区公交车，便开始忙着四处观望，并在心里感叹："哎呀，这儿竟然新开了一家马卡龙店!""原来在这儿的照相馆不见了啊!"不仅如此,我还会拦着吃完饭、喝完茶后要回家的朋友,问道:"要不要再去喝一杯?"就这样玩了一整天,到了要分开的时候,我会依依不舍地对朋友说:"我们过几天再出来见一次吧。"然而回到家,一躺到床上就会重新冒出"啊,我果然还是适合宅在家里"的想法。

"求求你,忘掉我最后说的那句话吧!拜托!"

对熟悉事物的喜爱

在意他人的想法而过的一天

为了转换一下心情，我决定去染头发。本来想染成浅粉色，但是突然想起已经约好的几个工作会议、课程和朗读会。

"顶着浅粉色的头发去朗读会，说不定他们会觉得我是个奇怪的作家。"

就像往常一样，我最终把头发染成了深棕色，然后走出了发廊。在回家的路上，我看到商店橱窗里展示的几件衣服不错，便走进了那家店。店里挂着一条印有可爱小熊和碎花纹的十分鲜亮的浅黄色连衣裙。我拿着裙子在镜子前比了比，然后仔细地摸着衣服，感受它的材质，但这时脑海里突然又出现了这些想法：

"这条连衣裙看起来像是十几岁的小女孩穿的，我穿合适吗？穿这条裙子出去，别人该不会觉得我是在装嫩吧？"

纠结了好一会儿，最后我两手空空地走了出来。

我进的第三家店是一家鞋店，里面摆着各式各样的鞋子。其中一双有着深粉色带子扎成的蝴蝶结、鞋跟较高的坡跟鞋吸引了我的眼球。我立马穿上了那双鞋，然后走到镜子前打量了一番。

"哎，真好看。不过三十多岁的人穿起来会不会有点不合适啊？再说了，鞋跟这么高，穿着走路肯定会不舒服。"

就这样，逛完几家店之后，回到家，我在镜子里看到了穿着黑色连衣裙、蓝色平底鞋，披着一头棕发的自己。身上穿着的这条新裙子和家里的那些衣服没什么两样，都是那么平凡、普通。都说人上了年纪就会为自己而活，但我总是怕这怕那的。明明是为了转换心情而出的门，一整天下来我却一直都在在意别人的想法。

洗漱完躺到床上，那条浅黄色连衣裙和扎着深粉色蝴蝶结的坡跟鞋立马浮现在我的脑海中。

"要是被别人买走了怎么办？"

更重要的东西

各 自

"这里离南山这么近,平时过去登山多方便啊,我可真羡慕你。"去年秋天,跟我关系很好的一位姐姐来到我的工作室,这样对我说道。

我的工作室就在能看到南山的解放村里。我跟她说:"其实我并不怎么去南山。"结果她说:"那就现在一起去吧。"然后我们就一起踏上了这条土路。

"泥土的气味真好闻。"

"是啊!这浓郁的青草味也很好闻。"

虽然就在解放村旁边,但一走进南山,空气的味道确实和外面完全不一样。我们慢慢走上山,畅谈了这段时间没来得及聊的事情。

"那棵树的树叶还挺绿的,一片红叶都没有呢!"

因为早已入了秋,有些树的叶子已经像枫叶一样完全红了,有些树的叶子却还停留在夏季,还有些树的叶子刚刚开始变红。

"姐姐,那棵树是第一名。因为它最红!"

"哎呀,哪有这种道理啊。"

"其他的树马上也要变红了吧?"

"当然了,这些树各自都会迎来自己的秋天。"

这片密密麻麻、长得各不相同的树木,等时候到了,便会各自染成红色、黄色等属于自己的颜色,然后又会在不知不觉间勤奋地长出新叶。秋天一过便是冬天,之后又将重新迎来春天,就这样年复一年。

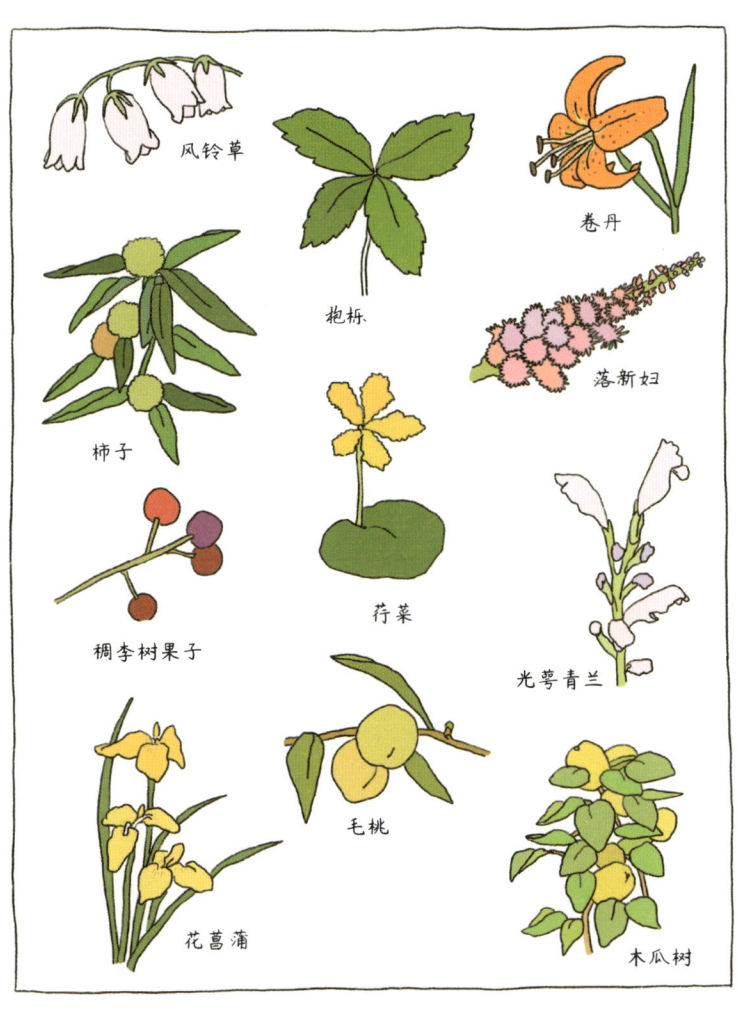

南山里，没有任何一种东西是相同的

给予时间

到了植树节,我想着得种点东西,所以动身去了聚集着各种花卉店的东大门。蓝莓树苗、无花果树苗、连翘树苗……店里摆满了各种各样的植物。我让店员推荐几种比较好养的植物,结果她把牵牛花和满天星拿给了我。除了店员推荐的这两种,再加上石头花属、葫芦、丝瓜,我最后一共买了五种种子回家。

我在花盆里撒上种子,浇足了水。之后的两个多月,我天天给它们浇水,等待着发芽的那一刻,然而只有石头花属勉强长出了芽。后来,我看盆栽的时间慢慢地减少了。过了很长一段时间后,有一天我突然发现牵牛花的种子竟然发了芽,而且还长了不少。后来见到朋友时,我和她提起自己之前买的种子终于发芽了,结果她一脸兴奋地说自己种的牛油果也长出了芽。

"在超市买的牛油果发了芽?"

"就是说啊!我之前在网上看到了牛油果无土栽培的帖子,心想着试一试,然后就把牛油果的果核泡在了水里,但怎么也发不出芽来。本来已经打算扔了，但最后还是留下了一颗，把它埋在了院子中的花盆里。前几天一看，长出的芽都有一截手指那么高了。你说神不神奇？"

朋友直呼神奇，说自己的牛油果种了整整一个月，天天细心呵护，却没发芽，没想到等自己都已经放弃，任由它自生自灭时，竟然长出了一截手指那么高的嫩芽。

"其实偶尔就这样放任不管，或许会更好。"

就像曾埋在土里一动不动的牵牛花终于探出了嫩芽，就像牛油果长出了芽，给予它们充分的时间后，那些嫩芽最终都会从土壤中探出头来。

给予时间，充分给予各自所需要的时间，不仅对植物，对我们来说也是十分必要的。

慢一点，慢一点

有些事情需要我们慢下来。

比如，

开车行驶在学校附近时，

在下坡路骑自行车时，

试图靠近路边的流浪猫时，

用平底锅煎面包时，

用针线缝衣服时，

……

我们急着赶时间时，很有可能会出事故、遭遇危险，甚至会因此失去身边的人和物。

面对这些事情时，我们需要的并不是"快一点"，而是"慢一点"。

所以我的人生、我们的人生都要慢慢地走下去。

因为比起面包、针线活，我们的人生更加重要，更需要谨慎一些。

不管什么事，第一次总是很难、很生疏

海玻璃

　　每次去海边,我都会在沙滩捡海玻璃。海玻璃指的是那些长时间被海浪冲击而变成小鹅卵石般的玻璃碎片。不过与没有上色的石头不同,海玻璃保留着玻璃原本的颜色。橘黄色、蓝色、褐色、粉色,颜色十分多样。被浪冲上来的海玻璃边缘大部分都被磨平了,摸起来光滑而细腻。想必经历了十分漫长的时间,碎玻璃片才能被打磨成这样,尖锐锋利的模样消失得无影无踪。

　　人心也是如此。

　　在经历了各种风浪后,我们也会变得圆滑。

　　就像海玻璃一样,圆溜溜的。

并不在意

刚到开会地点时,我突然发现领口蹭上了化妆品。正当我纠结要不要去卫生间擦掉时,负责人走了进来,交谈期间,我的视线总是不自觉地瞥向领口那片污渍,甚至还试着用手挡住它。因为会议要开很久,所以我们决定吃完午饭再继续开。吃完饭,在回到会议室前,我去了卫生间,用沾上水的卫生纸用力地擦拭那块污渍。然而最后不仅没擦掉化妆品,浅黄色的衣服被水浸湿后还变成了深黄色。

"老师,您的上衣怎么湿了?"负责人看到我之后问道。

当我解释是为了擦掉沾在衣服上的化妆品才弄成这样时,她惊讶地说她根本没发现。白花花的一块明明很明显,难道只有我才看得到吗?

"这么一看,我发现您穿这条黄色连衣裙真好看!"

她现在才看到这条连衣裙?

其实人们并没有想象中那么在意我。

唉,再一次体会到这个事实的一天。

放轻松一些

虽然我运气好,有幸出版了几本书,但写作对于我来说仍是一件难事。所以每当说起与写作有关的事情,或是与编辑见面时,我总会有些畏缩。和我合作了许久的编辑偶尔会对我说:"老师,我很喜欢您随心写出来的文章。您写作的时候可以试着放轻松一些。"

每当这时,我便会在心里想:"哪有那么简单啊。"

后来,我开始教小规模的绘画班,其中有一个班全部由非绘画专业的学生组成。一堂课共有四名学生,有一名学生可以无所畏惧地画画,相反,其他三名在画画时却总是犹豫不决,似乎很难画下去。胆怯中画出的线条一眼便能看出来,那种画无法触动人们的内心。

"大家画画的时候,可以放轻松一些。放松,跟随自己的内心大胆地画出来,来试试吧!"

整堂课我一直边走边重复着这句话。咦,这句话不正是我遭遇写作瓶颈时,那位编辑对我说的吗?

小时候，我有一次掉进了水里

受到惊吓的我身子变得僵直，不断下沉

后来虽然被成功救上岸，身体也没什么大碍，但在那之后很久一段时间里，我都很怕水

重新变得和水亲近起来，是在家附近的澡堂里

内心一放松，身体便不由自主地浮上水面

其实人长大了，体重自然比小时候更重，能够在澡堂里浮在水面，是内心放松带来的结果

当身体放松时

咖　喱

我喜欢用很长的时间熬出的咖喱。

每当内心感到空虚时,

我便会用冰箱里剩下的蔬菜和肉做咖喱吃。

刀切过蔬菜的剖面平滑而棱角锋利。

把切好的食材放进锅里熬煮。

随着时间的流逝,食材分明的棱角就会消失。

煮好的咖喱里没有任何有棱角的东西,

所有材料都完美地融合在了一起。

煮上几个小时后,满屋子就会飘散着咖喱的味道。

吃着用时间熬制出的浓郁的咖喱,

我的心也会变得暖洋洋。

圆圆的，圆圆的

相似的人生

以前,我不会对任何人讲自己经历过的不好的事情,比如,三叔给家里惹来的麻烦,或者前男友在我心里留下的创伤,等等。所以每当我聊起家人的事,唯独不会提起三叔;提起自己的恋爱往事时,也只会说一些让别人觉得美好的爱情故事。而随着年龄的增长,这种心结竟自然而然地解开了。

听到朋友的弟弟闯祸的事,或者熟人在婆家的遭遇,我意识到,原来人活着都差不多。一位朋友以前遇到过很糟糕的男人,笑着说感谢现在的老公。

过去的那些事并不是我的错。只要自己内心坦荡,就不需要为此感到羞愧。并不是所有的人都能在完美的家庭环境中长大,也不是所有的恋爱都那么完美。听到他人相似的人生遭遇,自己今天也得到了慰藉,并且明白,这一切并不是自己的错。

世上没有谁在成长过程中没经历过一点伤痛

需要来点甜

打开冰箱,拿出一块巧克力放进嘴里。

小时候不怎么爱吃零食,

如今年纪大了,

反而爱吃冰激凌或巧克力之类的甜食了。

每次去咖啡馆也只点像热巧克力一样甜甜的饮料。

是因为生活中苦涩的事情越来越多吗?

我的内心也开始需要来点甜。

我的第一瓶无花果酱

无花果酱快没了。明明一直省着吃，竟然只剩最后一勺了。这是我用自己在家种出来的无花果亲手做出的果酱！去年种的无花果树一共结出了十二颗果实。无花果树一直被放在工作室外面，当我发现其中五颗果子被偷之后，便插上了"请勿采摘！"的木牌，这才顺利收获了剩下的七颗。

婴儿拳头般大小的无花果挂在树枝上，可能是熟透了，所以轻轻一碰便掉了下来。在几个月的精心呵护下结出的果实果真与众不同。也许是因为握在手里的那种感觉，所以觉得它更加珍贵。为了使这几颗用钱也买不来的无花果能留存得更久一些，我决定把它们做成果酱。虽然量很少，但这应该是能把有限的无花果吃得最久的办法了。

做果酱的方法很简单。先把无花果洗干净，把表面的水分擦干，切成小块后放入锅里。如果喜欢柔软细腻的口感，可以用搅拌机搅拌后再放入锅里。因为我更喜欢有颗粒感的果酱，所以就把它们切成了几大块。将切好的无花果放入锅中,再加入一些白糖和柠檬汁。柠檬汁可以增加果酱特有的口感,吃起来更有弹性。就这样熬上一段时间,香喷喷的果酱便大功告成了!

因为只有一小瓶,所以我倍感珍惜,毕竟这是我第一次亲手制成的无花果酱。我一般会把它抹在面包或百吉饼上吃,或者喝酸奶的时候会往里放入果酱和少许坚果一起吃。我主要在晚上有点饿的时候拿出无花果酱。听着餐刀在烤得脆脆的面包上涂抹果酱时发出的沙沙声,感觉耳朵就先饱了。那是一种能让人产生饱腹感的美妙声音。今年我打算在小木牌上写:"如果不被偷走的话,就能做出更多的果酱!"

无花果

在济州岛

济州岛西部,我十二岁时全家一起去过那里旅行,这便是我对它的全部记忆。那时的我,在城山日出峰戴着牛仔帽,骑在矮种马上照了照片,然后在万丈窟看了熔岩石笋和石柱。时隔二十年,我再次来到济州岛。在济州岛上,就连空气都能让人感受到大海的咸味。我径直走向城山日出峰。曾是少女的我如今上了年纪,个子比那时高了许多,眼角也长出了细纹,然而城山日出峰依旧是记忆中的样子。

我抱着一口气登上峰顶的念头,开始爬山。每当爬到坡度陡峭的地方时,就会感到大腿肌肉在拉扯,腰部酸痛,但趁着走在前面的人停下来喘口气的工夫,超过他们走到前面时,会有一种奇妙的快感。额头上的汗流个不停,整个人气喘吁吁。就这样一路不停地走了二十多分钟,很快便到了峰顶。八万坪[①]的火山口尽收眼底。地势凹陷的地方长着一大片紫芒,吸引着各种小动物。

突然想起不久前在电视上看到的,一位想在临死前再

---

① 坪:土地或房屋面积单位,1 坪约 3.3 平方米。

次登上城山日出峰的老奶奶。虽然不记得她叫什么,但我真心希望那位老奶奶的膝盖能够痊愈,希望有一天她能够坐在此处欣赏眼前的这片风景。

这里是济州岛

遥望夜空

故乡金泉的乡下和首尔不同，一到晚上就会非常吵。这里到处都是青蛙和草虫的叫声，偶尔还能听到鸟鸣。

"姐，天上有好多星星呢。"到外面上完厕所回来的弟弟东载说道。

"真的吗？"

"嗯。今天星星特别多。你去看看吧！"

我嚷着害怕，便拉着弟弟一起出去。

"你会看星座吗？"

"不会。我只认得北极星，哈哈。"

我久久地望着星空。在首尔，晚上基本看不到星星，乡下果然不一样。几乎没有任何人造光的乡村夜晚一片漆黑，因此星星便能尽情地展现自己。东载在一旁说要学习星座。我不禁想到，偶尔能像现在这样一起坐着仰望天空就已经足够了。

暂时让出位子

刺　　绣

线搭上线，线再搭回线，不断重复。
当织成了一个小线团时，
那根线便从线变成了一个面，
当面整齐排列后就成了形状。

亲戚聚会时，有人脖子上围着绣花丝绸围巾，好看极了。当我看到坐在一旁的妈妈脖子上空荡荡时，心里有些过意不去。之后我随身带着针线包，用了好几天终于在围巾上绣出了花。那朵花歪歪扭扭的，并不好看，但妈妈看到之后特别开心。虽然刺绣需要花费很长时间，但如果心里想着某个人，时间就会过得很快。

刺绣，就是一针一线慢慢把心绣在里面的过程。

肯真心为对方付出，那便是一种爱

第 一 次

"这是我三十五年来第一次在海边看日出,你们相信吗?"

"什么?不会吧!"

第一次半夜十二点出发去束草,也是第一次在海边看日出。第一次吃到束草的果仁糖烧饼,也是第一次乘坐船票只要五百韩元的小船。虽然从事与各种各样的人打交道的工作,但对于三十好几的我,仍然有很多事情是第一次做。

前不久,我第一次买了一次性厨房洗碗刷,第一次在有空气净化器的电影院看了场电影。像这样每天迎接某种"第一次"时,内心总会充满好奇和兴奋。就算只是一件微不足道的事,第一次经历时也会感到兴奋激动,希望自己以后能一直是这样的人。

因为和"他"分手,是第一次

怎么会知道

"彦妊,你不知道你有多耀眼吧?"我的朋友真宰突然对我说道。

不论做什么事,我偶尔都会有想要放弃的时候。

不知她是怎么察觉到的,每当这时,她都会说一些使我振作起来的话。

我从这些简单的话语中,感受到了朋友温暖的心。

有人来到身边时

小 烦 恼

我的烦恼分为各不相同的大小。小烦恼不论是在选择时,还是在选择后,都能给我带来微小而明确的幸福。一天由一连串的小烦恼组成。买洗发水时会纠结买桃子味的还是买爽身粉味的,见朋友前会纠结穿蓝色连衣裙还是穿棕色连衣裙合适。

小烦恼有一种可爱的力量。最终我选择了桃子味的洗发水,这样每次洗头发的时候,卫生间都会充满我喜欢的香甜的桃子味。纠结了好久要不要买的红橘精油最终也买了,每当心情郁闷的时候闻一闻,内心就能得到安慰。

小烦恼也不会有什么大风险。早上出门前考虑要不要带雨伞,结果没带伞出门却下了雨,即便如此也没什么大不了。一想到或许我也能像幼芽一样,淋场雨就能长大,心情马上就变好了。

小狗让我看到的东西

顺 英

去了趟在济州岛西部开咖啡馆的顺英家。虽然我们相识没多久,但她是我很好的朋友。在咖啡馆二楼的露天阳台上,可以看到远处的遮归岛。早早起床后坐在那里,就能看到码头附近来往的渔船,以及济州岛上老爷爷老奶奶们忙碌的身影。不过,最近顺英的咖啡馆前面建起了一栋房子,所以再也看不到渔船和波涛翻滚的遮归岛了。

"真可惜啊。你还好吗?"

"当然了。到屋顶上还是能看到的。"

曾对我说因为一睁开眼就能看到大海而感到幸福的她,在这种情况下竟然也没有发脾气。没错,她一向都是那么阳光开朗、积极乐观。正当我们聊得兴起时,多娜从远处跑了过来。多娜是隔壁老奶奶养的狗。

"我觉得多娜现在在我家待的时间更久呢。"

多娜你是不是也发现顺英是个很好的人啊?多娜和我坐在顺英的两侧,大家一同欣赏夕阳美景。

晚间散步

　　我喜欢在晚间散步。晚间路上很少有人，很安静，即使素颜出门我也不会有负担。因为那是一段令人舒适又自在的时间。喧嚣的首尔到了晚上会从繁杂的声音中解放出来，人们不用再去在意别人的视线。自从搬到白天和夜晚截然不同的解放村后，我就更喜欢在晚间散步了。

　　我站在漂亮的商店橱窗前看了好一会儿，便又走到了另一家店跟前。平时碍于店员的视线，就算好奇也没能好好逛一逛，现在终于能让我好好看个遍了。大晚上，我仿佛变成了一个"窥视贼"。新开的咖啡厅式洗衣房，准备搬走的道具商店，我尽情地窥视着这一切。看到台阶上有只流浪猫，我会坐到旁边试着跟它聊天；看到放在屋外的盆栽，我也会走上前去仔细观察。在首尔，人们总会无端地在意别人的眼色，但在晚上散步的时候，我好似变成了蒲公英的种子一般，自由地飘荡在这座城市中。今晚我要去看看居民中心前盛开的洋槐花。那里白天聚集着社区的老人和其他人，很难仔细驻足观赏，所以我得趁现在去尽情地闻一闻洋槐花的香味。

看起来相像却各不相同的星星

安全带

打扫房间的时候,发现了一个不知道从哪儿来的气球。本想随手扔掉,但随后改了主意,把它拿到了嘴边,我感受着它柔软而有韧性的质感,用力往里吹气。原本像融化了的麦芽糖一样软趴趴地瘫在地上的气球,装满我吹的气后,顿时变得圆鼓鼓的。

看着这个大气球,我想起了小时候在乡下小溪边,爸妈给我吹的印着蓝色卡通图案的游泳圈。那个游泳圈装满了爸妈吹进去的气,再也容不下任何气体进入,鼓得好像下一秒就要炸开似的。

我乘着他们的气在水中漂浮。就算水流再大,也不会翻倒;就算脚触不到底,也不会沉到水里。只要紧紧抱着爸妈的气,即使站在高高的岩石上,我也能勇敢地"扑通"一声跳入水中。最近这段时间,我非常需要这种既温暖又效果好的安全装置。

抱着、背着养大的宝贝

让自己变得渺小的心

在以"鸭子小姐"①的笔名活动的第五年,我第一次决定要休息一段时间。首先做的事情,便是不再往社交平台上发帖子。比起粉丝数,我更在意点赞的数量。每当我发完图或文字后,还没过一分钟我就会点进去确认有多少人点赞,十分钟后、一个小时后,以及睡觉前,我都会查看点赞数量。早上睁开眼后的第一件事也是查看有多少人给我的帖子点赞。明知道点赞数量的多少并不是衡量自己绘画水平的标准,但每当点赞数很少时,我就会开始质疑自己的画是不是不够好。相反,当有很多人点赞时,便又会想以后是不是要将这种风格一直延续下去。

我在意的另一件事是其他画家的点赞数和粉丝数。当看到某位画家的点赞数比我多很多时,我就会觉得自己是个没天赋、不称职的画家,从而感到沮丧。除了公开账号,私人账号也一样。看到已经结婚生子的朋友们,便会莫名有种落于人后的感觉。明知道那并不是衡量人生的标准,

---

① 鸭子小姐:翻译名,原为"the lady duck"。

但内心还是会不禁产生"只剩下我一个人孤独"的想法。

为了摆脱这种使自己感到渺小的心态,我卸载了所有社交软件。习惯性点开查看的东西没有之后,刚开始的几天我会感到很空虚,但过了一周左右,便适应了这样的生活状态。不发帖子,自然也不会为他人的反馈而感到忧虑。

在过去的五个月里,我只有在需要的时候才会点开社交平台。经过这样一段时间,可能内心得到了治愈,我现在也经常会给其他画家的作品点赞。

在从别人的视线中解脱出来的这段时间里,某种温暖而圆满的感觉填满了我的内心。

我的心什么时候才能变大呢

车前草

电视里讲到了关于车前草的故事。当人们在森林里迷路时，只要循着车前草就能走出森林。为了吸收更多的阳光，森林里的植物大部分会往高处生长，唯独车前草不同。为了寻找阳光，它会向着树木不太茂密的方向生长。所以跟着车前草，自然就能走出森林。

我的人生也并非一路顺利。在人际关系和工作中，我也曾受到许多伤害。而那些时光也让我有所收获。在遇到有相同困难的人时，我也能给出一些有帮助的建议。

得不到充足的阳光，无法长得更高，不一定是件坏事。在阳光的照射下茁壮成长的大树，结出果实能供人们食用，茂盛的枝叶还能供人们在树荫下乘凉，这种人生固然很好，但像车前草一样，即便生活艰苦，也能努力克服种种困难，最后成为某人的小坐标，这样的人生也很棒。

我希望自己能成为车前草一样的人。希望有人迷失方向时，我可以成为他人生路上的指南针。

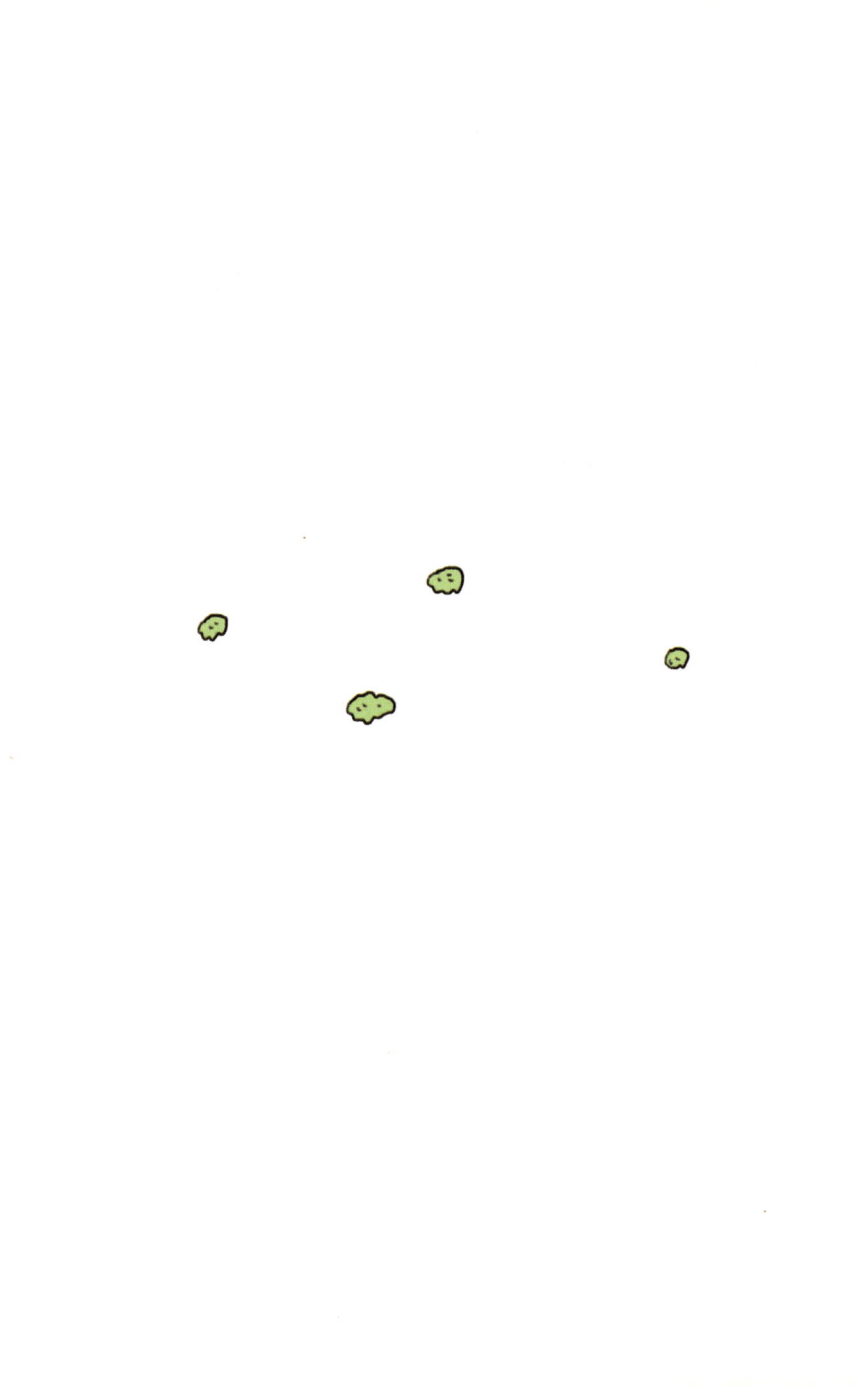

变得轻松

停工休息将近六个月了。

朋友们很羡慕我能休息这么长时间,

妈妈却担心我有没有钱生活。

停工休息了这么长时间,内心的确轻松了许多,

同样地,钱包也跟着变得越来越轻了。

看着越来越少的账户余额,

我想起了一月在皮肤科花的钱,

并为三月购买的按摩仪而感到懊悔。

我还看了一眼几天前从专利厅寄来的通知单。

尽管如此,这段时间我的身心确实得到了充分休息。

至于钱,再赚就好了。

就如青蛙在跳得更远前将身体缩成一团，
就如蝉等待的漫长时间

就像衣服被细雨沾湿

因为没和妈妈住在一起,所以每次见到她,我都会叽叽喳喳说个不停。有一天,我跟她讲起了某个与我想法不同的人。

"彦妡啊,想象一下,一根弯曲的棍子上挂着一个袋子。"

"嗯,然后呢?"

"你是从下面仰视那根棍子,但肯定也会有人从上面俯视它。这样一来,有人看到挂着袋子那一面,同样也会有人看到袋子对面的拐杖吧?"

当然,就算听了这番话,几天后我还是会跟她说类似的话。然而面对总是心存不满的我,妈妈从来都不会不耐烦,总会对我说一些有益的话。她说,人要多想一些正能量的事情;不论是好书还是好人,都要时刻伴随身边,这很重要。她还说,经常听一些有益的、正能量的话,时间久了,人就会像衣服被细雨打湿似的,自然而然吸收到好的东西。

肯　定

一般来说，猫在秋天是最好看的时候。

快到夏天时，它会换毛，

而到了冬天，它的外形会变得更加厚实。

对于树来说，

比起没有叶子和花朵的光秃秃的冬天，

枝繁叶茂、孕育着果实的夏天更显生机。

那我的人生又是怎样的呢？

在今后的无数个日子里，

虽然有时会放慢脚步，有时也需要向后退，

但我相信，

闪闪发光的日子一定会来临。

每个人都有一个
叫作孤独的洞

有时那个洞会变大,大到
能把很多人放在心上

有时那个洞会变小,小到可以
把注意力放到其他事物上

所有人都有这个洞

并且永远不会消失

这种孤独需要我们背负一生

世上没有不孤独的人

第 2 章

因为是在一起生活

买回植物，与它们一起生活

因为非常喜欢植物，所以每当我路过花店时，都会停下来欣赏一会儿。心想，这世上没有比买花更美的消费了，于是便把开得很美的花带回家。更年轻的时候别说花了，我对所有植物都不感兴趣。大约从二十五岁开始，我突然喜欢上了植物，至于理由，到现在都不太清楚。以前看到妈妈把花的图片设成Kakao Talk①头像，奶奶感叹带花纹的衣服真漂亮的时候，我完全无法理解她们。直到前不久，当我发现自己竟然用手机拍下长在光化门路边的三色堇时，吓了一大跳。是因为血缘关系，所以在这件事上我也越来越像妈妈和奶奶了？还是说这是我也像她们一样上了年纪的证据呢？又或者是因为自己现在才懂得感谢，感谢在这刻薄的世界里给予我们无条件美丽的植物？

虽然很喜欢植物，但我发现自己养不好它们。春天和夏天买来的植物，从秋天开始便慢慢枯萎，到了冬天我就

---

① Kakao Talk：韩国目前普及率最高的免费聊天软件，类似于中国的微信。

要忙着把成堆枯死了的植物拿出去扔掉。看着这样的我,一位跟我很亲近的姐姐说道:

"植物也要像宠物一样对待。既然带回了家,就要细心照料它们,给它们施肥、浇水、擦拭枝叶。必须这样关心它们,才叫一起生活。"

是呀,把一个生命带回家,就应该这样吧。在那以后,我再也不会凭一时冲动就把植物带回家。我会先确认它需要多久晒一次太阳,几天浇一次水,仔细确认自己可以满足它生存所需的所有条件后,我才会把这棵植物带回家。因为它们是要和我一起生活的啊。

了解它们的不同

在乡下时

"想去菜地看看吗?"

前不久,我回了趟乡下老家。老家后院的菜地里种着各种蔬菜。有生菜、红叶生菜、马蹄叶、羽衣甘蓝和茼蒿,还有尖椒、青阳辣椒、西红柿、白菜、西蓝花等,都是每天摆在我们家饭桌上的新鲜食材。

"跟你说一件有趣的事啊!"

"什么事?"

"前不久我和爸妈觉得羽衣甘蓝好吃,所以就吃了好多。后来去菜地里一看,西蓝花叶子竟然全都没了。所以,其实我们之前错把西蓝花叶子当成了羽衣甘蓝,就把它们全吃掉了。"

"西蓝花的叶子也能吃吗?"

"嗯,据说西蓝花叶子里含有丰富的维生素和钙,吃了对身体很好。"

现在想想,羽衣甘蓝和西蓝花叶子长得很像。两者都是柔和的青绿色,叶子也都偏宽。比我常回乡下的弟弟,对这片菜地非常了解。他说幼虫好像特别喜欢羽衣甘蓝,而生菜不像想象中那么爱招虫子。

"姐,你也尝一尝西蓝花叶子吧。特别嫩,很好吃的。"

"叶子那么大,口感不会很粗糙吗?"

"你尝尝看,肯定会感到惊喜的。"

在乡下,一切都那么自然。身子也不用施力或紧绷。刮风时,只需要随着风自然活动就好。在乡下时,我的心也会变得像嫩豆腐一样柔软。

我想过那种生活

小心，小心，再小心

几天前，晚上十一点半，我正躺在床上，妈妈打来电话。

"你在哪儿？"

"啊？在家呢。"

"哎呀，吓死我了。"

妈妈用急切的语气再次问我人在哪里。她说梦见我拔牙后不停地流血，吓得她瞬间醒了过来。醒来之后，那场景依旧历历在目，所以马上给我打了电话。可能是出于这个原因，最近几天我总是会格外小心。用刀裁纸的时候，会想着"一不小心就会伤到手，所以一定要集中精神"，便小心翼翼起来。过人行横道的时候，就算是绿灯也会左顾右盼、小心翼翼地过马路。晚上出去扔垃圾的时候，会为了避免遇到醉汉，刻意绕一大圈路。

"一定要小心！"

因为妈妈在担心我，所以不管做什么事我都会格外地小心，结果就这样平平安安地过了好几天。是妈妈的梦守护了我，还是妈妈的心守护了我呢？

胶卷相机

一位关系很好的姐姐给了我一张用胶卷相机照下的照片。那张照片里有我。作为装置艺术家的姐姐喜欢旅行,说话时会用庆尚道方言。摸着照片的表面,指尖感受到照片柔软的质感。

"哇,这是什么时候拍的?太谢谢你了。"

"这有什么可谢的。"

因为现在用手机也能照出高画质的照片,所以人们旅行时习惯用手机拍照。也许正因如此,我觉得用胶卷相机拍出来的照片更有价值。

姐姐用的相机有二十四张底片。假设和我在一起的那天,换上了新的胶卷,她在二十四次的有限机会里,会在自己认为最美或最想留住的瞬间按下快门。也就是说,她抑制住了以后可能会拍到更好的画面的心思,选择了"现在"。

"咔嚓。"

从时隔七个月再次见到的姐姐手里,以照片的形式收到了七个月前的我,这种感觉真的很特别。

使记忆变成回忆

和她一起熬过无数夜晚

每当回老家时,我一定会抽空和朋友世妍见面。和她在一起时,我从头到脚都感到无比自在。我们关系好到就算为彼此擦眼屎,在澡堂里露着肥肚腩互相搓澡,也完全不会不好意思。我们在十七岁时相识,整整高中三年一直都是闺密。就这样,我们已经一起度过了近二十年的时光。

我们一起度过了很多夜晚。平时到了晚上九点就会困得打哈欠的我,只要和世妍在一起,就能一直聊到凌晨,没有丝毫困意。从喜欢的人聊到高考,如今还会聊到婚姻或各自的工作。虽然随着年纪的增长,话题会有所不同,但是并肩躺在一起彻夜畅聊的习惯始终没变。

就像青辣椒在熬过无数个日子,终于红通通地熟透,能掸出好多辣椒籽似的,我们也一直在哗哗地倾吐彼此的时间。如果能把这些年聊过的各种琐事装进袋子里,估计有一大麻袋大米那么多。就这样,日积月累、年复一年,如今我们的关系牢固到即使在大风中也不会轻易被吹走。

和朋友分享漫长的人生岁月

为某人着想的心

周末朋友要来我家玩。难得邀请人家到家里,我准备去趟大型超市购买食材。做什么好呢?听说她最近头发损伤得厉害,那煮饭的时候往里放些黑豆吧。想起了她爱吃明太鱼籽酱的,我就去卖鱼虾酱的地方问哪种鱼籽口感更好。想起朋友之前做过的放了好多葱的鸡蛋羹,便把一大把葱和洋葱也装进了购物推车里。她做的那种鸡蛋羹,无论什么时候吃都觉得特好吃。看到前面有尖椒,我便过去拿了一袋装到推车里,顺便想着要做什么主菜。我记得她喜欢吃辛奇①和肉,那就做辛奇炖猪肉吧。我把猪肉和其他辅料都买齐后,回到了家里。冰箱里的辛奇也熟得刚刚好。

我喜欢花很长时间做成的料理。虽然用不了多久就会吃完,但我还是喜欢和大家一起吃用心做出的食物。就算外型不好看,但我还是更喜欢手工包的饺子;比起只需要热几分钟就能吃的速食米饭,我更喜欢花时间用电饭锅做出

---

① 辛奇:韩国泡菜。

来的米饭。

  我把拎在手中如同满满爱意一样沉甸甸的菜篮子放到了地上。该从什么开始做起呢？最先拿出来的是黑豆！我把它们洗干净后，泡在玻璃碗里。黑豆泡久一点就会变得松软。把猪肉拿出来浸泡在凉水里，然后收拾了一下尖椒。我把妈妈拿给我的辛奇、泡在水里的一整块猪肉、洋葱，还有蒜放入锅中，往里倒入少许的水，然后点火。朋友明早过来，炖辛奇就是要从前一天开始炖才会更好吃。睡前炖上六个小时左右，然后明早再煮一会儿，肉就会变得软糯无比，入口即化。

  开始炖辛奇后，没过多久，满屋子都弥漫着辛奇的味道。一边为某人做饭一边等待的时间，总会让我的内心感到很激动。

病之所以能好的真正原因

每当登上南山时

本以为南山就在跟前,我就会经常去登山,可事实并非如此。只有在交完稿之后,或者樱花盛开时,又或者天气特别好等特殊情况下,我才会偶尔登上南山。

山上有很多有趣的东西,不论是树枝还是掉在地上的松球,各有各的美。不仅如此,不同种类的树枝树叶,从鹅卵石到小石子再到大石头,颜色和形状都各不相同。不久前,我在山中见到了三只松鼠,还在涓涓流淌的小溪里看到了青蛙卵。像这样把山里的各个角落观察得仔仔细细的结果就是寸步难移。看到喜欢的东西我就会带回家,比如掉在地上的光秃秃但线条很美的树枝、在阳光下闪闪发光的扁豆荚、各种大小的松球、干枯的落叶。因为这些东西易碎,不能放在袋子或口袋里,所以我便把它们拿在手里,猫着腰慢慢地走下山。因为胳膊、手、后背和腿一直处于紧张的状态,这样一路下来便会满身是汗。

我把树枝擦干净后，插进透明的空瓶里。把松球上的泥土抖掉，放到上次带回来的小石子旁边。锃亮的象牙色豆荚等以后做悬挂饰品的时候会用到，所以我将它们保存在了空罐子里。

每次登完山回来，不仅内心会变得富足，实际上也真的变成了"富人"。因为只要过去一看，便会发现满山遍地都是宝贝。因为每次都能满载而归，所以每次去南山都会感到很开心。不过迈出决定去登山的第一步还是很难。

从山上捡回来的宝贝

因为细心,所以喜欢

有一个认识的妹妹叫敏英,每当我感到孤独寂寞时,她就一定会联系我,并且每次都会带一堆东西来看我。我这里要还给她的保鲜盒就已经攒下了四个。第一次收到的小牛皮纸袋里装着布朗尼蛋糕、玛芬蛋糕、糖果、洋葱汤、即食海带汤、味噌汤,以及一支红色口红和几张面膜。里面还附着一张字条:

"姐,面包是在××面包店买的,吃之前记得先用微波炉热一下。不要因为工作忙太累了就不吃饭。一定要喝点汤再睡觉。血糖低的时候记得含一颗糖!至于那支口红,我觉得很适合你,就一起放进去了!"

前不久,她给我带了一份南瓜派和一罐拇指大小的蜂蜜。南瓜派是按适当的量单个包装的,所以我直接放进了冷冻室,想吃的时候便会拿出来吃。每当我用到敏英给的东西时就会想起她。我离开故乡,孤身一人来到首尔生活,内心不免偶尔感到空虚,但多亏了这样的朋友,远在他乡的日子并不总是那么孤单。

外婆的爱

保温便当

我想起了小时候吃过的保温便当。

虽然叫保温便当,

但实际吃的时候,只剩了一点点热气。

就是米饭都黏在一起,鸡蛋也吸收了水分,

原本凉爽的辛奇也变得温乎乎的那种便当。

妈妈为我准备保温便当,

我把它拿到学校再拎回家,

妈妈再把饭盒刷干净。

每当我打开便当就会想起妈妈,

而当妈妈准备便当、洗饭盒时也会想着我吧。

没过多久,学校就有了食堂。

节省下准备便当的时间,我们得到了什么呢?

彼此聊天的时间变多了吗?

以前我总怕自己剩菜,带回去妈妈看到会感到难过,

所以我每次都会努力把便当吃光,

那份心意如今又被什么代替了呢?

我想起了燃油暖炉

往里倒满油

用火柴点燃

打开暖炉时,
需要一边闻着油的味道,
一边留意水壶里的水烧开没有

后来买了一台插上电就能
自动运转的电暖炉

虽然用起来暖和又方便,
但总感觉缺了点什么

得失

给妈妈染发

妈妈那边的亲戚白头发都长得比较晚,有的人甚至压根儿就没有白头发。也多亏了这份基因,跟同龄人相比,我没有这方面的烦恼。我妈当然也是很晚才开始长白头发,五十多岁步入更年期时才开始长出了一两根白发。

"能不能帮妈妈染一下头发?"

第一次给妈妈染头发的那天,我一边感叹妈妈如今也老了,一边觉得给不停低头打瞌睡的妈妈染头发真累。几年之后,妈妈突然对我说道:

"你第一次帮我染头发的那天,我努力忍着困意,但最后还是睡着了。女儿帮我仔细地梳头发,那感觉实在太舒服了。"

时间在流逝

全家福

老家的厨房里挂着一个画框,里面装的是凡·高的《向日葵》,好像是入住前房地产商在每一家的厨房里统一挂上的。有一天在餐桌上吃饭的时候,妈妈看着那个画框说道:"在那个位置挂上全家福怎么样?"爸爸妈妈组成家庭已经三十五年了,虽然有几张旅行时留下的照片,但我们从没在照相馆里照过一张像样的全家福。

几周后,我带爸妈去了一家在大邱新开的照相馆。虽然离金泉有点远,但感觉那家摄影师的作品风格很适合我们家的氛围,所以最终还是选择去那家。拍摄开始,先是爸爸妈妈手牵着手摆出拥抱的姿势,然后我和弟弟依次站到他们的身后一起拍摄。

"来,请女儿把手放到爸爸的肩膀上。"

"儿子可以稍微靠着妈妈站。"

紧接着摄影师又提出了几种姿势的建议。

"请女儿和爸爸对视一下!"

我曾经和爸爸对视过这么久吗?爸爸的眼角有很多皱纹,眼白也有些浑浊。看着站在我面前的这位上了年纪的中年人,我差点哭了出来。我在心里恳求道:"摄影师,请一定要把我的爸爸妈妈拍得好看一点。"

剩下的时间

投入时间的那份心意

  我家附近的一个朋友，几个月来经常咽喉肿痛，结果被诊断出是喉炎。想着为朋友做点什么，我便匆匆穿上衣服去了超市。我用手机搜索缓解喉炎的食物，发现有助于止咳、对支气管好的食物比想象中的要多，有桔梗、梨、蜂蜜、生姜、五味子、卷心菜、红参、青梅、大枣等。我买了板栗蜜、桔梗、生姜和梨。桔梗挑了看起来最新鲜的，而生姜也选了土黄色、品质好的，最后还买了一个小玻璃瓶。

  一回到家，我便把梨洗干净，切成小薄片放入锅中。这样一来，不需要煮很久，就可以使梨软化。过了一个小时左右，梨汤变得黏稠。而在这一个小时里，我用刀给桔梗和生姜去了皮。把收拾好的一部分桔梗和生姜切成块状后一并倒入锅中，继续熬煮。为了防止煳底，我不停地搅拌着，并时不时念起幼稚的咒语："不要再生病了！赶快好起来吧！"

  这个汤要用小火熬制三四个小时，在等待锅里的梨彻底熬烂的时间里，我把剩下的桔梗和生姜切成薄片，放到筛子上把水沥干，然后放入板栗蜜中搅拌，大功告成。明明中午去的超市，结果接近傍晚的时候才做完了要送给朋友的生姜桔梗板栗蜜和梨羹。我联系好朋友，给她送了过去。之后回到家，躺到床上，便想起了妈妈在客厅地板上铺上报纸，坐在那里刮桔梗皮的身影。当初妈妈也是怀着这样的心意吗？

花费时间和心意

"人"这本书

认识一个人,就好比读一本书。

和某个人相处的时间,就像书一页页地不断堆叠。

就算一开始不太感兴趣,

也会因为某个句子或段落而喜欢上那本书,

或者因为意想不到的情节而感到不知所措或萌生疑问。

人这本书非常庞大。

一页一页地翻阅这本好像永远也不会结束的书,

可以渐渐地了解对方。

有的书会一辈子放在身边读,

而有的书中途就会被合起来,

直到某天又重新拿出来读。

时而高兴,时而悲伤,

这就是了解一个人的过程。

希望能成为某个人永久的"畅销书"

在台风中

　　风雨使窗户像患了恶寒似的,哆哆嗦嗦的时间延长了。"咔嗒",随着跳闸的声音,整个屋子瞬间变得漆黑一片。当然,电视机也关了,水也停了。随着黑暗的降临,屋里一片寂静。我下了床,走路时故意让拖鞋发出声音,走到柜子跟前,打开抽屉,从里面拿出蜡烛。我把珍藏的香薰蜡烛摆到床边的小桌子上,然后把另一根蜡烛放在饭桌上。虽然光线没有多亮,但至少不会造成行动上的不便。成天响个不停的冰箱的嗡嗡声消失了,邻居家低音音箱的噪声也没有了。我静静地躺在床上,想起了第一次经历台风的时候。

　　上高中的时候,我家那一片受到了台风"鸣蝉"的直接侵袭。河水突然暴涨,导致回家时必经的那座桥断裂了,赶着回家的爸爸因此被困在外。河水的水位一直不见下降,结果爸爸过了一周才得以回家。那短短的几天时间里,爸爸竟然瘦了十多公斤。而如今,那个地方已经有了釜项坝。

　　据说,被困在外的时候,爸爸爬到了附近最高的地方，也就是某栋建筑的楼顶。爸爸说，当时手机和钱包都掉进水里被冲走了，也没有吃的东西，肚子特别饿，到了晚上只能听到四面的水流淌的声音，所以当时真的特别害怕。当他亲身经历只在书中读过的漆黑夜晚时，天上的星星映入了他的眼中。爸爸说，那是他第一次看到天上竟然有那么多星星。爸爸当时是怀着什么样的心情呢？看了七次漆黑的夜晚和七次布满繁星的夜空，那是一种什么样的感觉呢？

看了七次漆黑的夜晚
和七次布满繁星的夜空,
那是一种什么样的感觉呢?

随着时间的流逝,
心也会像漆黑的夜晚一样
被黑暗浸染吗?

还是随着时间的流逝,
心会像满天的繁星一样
为了不被熄灭而苦苦挣扎呢?

在那些夜晚里,
等待着的内心肯定比漫漫长夜还要
黑暗。

而等待时流下的泪水,
肯定比天上的繁星还要多。

笨拙的安慰

办完奶奶的三日葬①,在回家的路上,爸爸接到了客户打来的电话,妈妈也在忙着回这几天没来得及接的电话。快到家的时候,爸爸和朋友打了一通电话,通话内容通过免提在车内响彻:

"灿基啊。"

"怎么啦?"

"你从今天起就是孤儿了。"

"是啊,我成孤儿了!"

"我也是孤儿呀!"

平日里,爸爸在沙发上睡,而妈妈在床上睡,但那天,妈妈对爸爸说:"进来睡吧。"我听着从微开着的主卧门缝传来的爸爸的鼾声,猜想着爸爸的内心。爸爸的朋友应该是理解爸爸此刻的心情的吧,所以陪着他一起伤心,给予他笨拙而又温暖的安慰吧。

---

① 三日葬:指停殡三日后举行的葬礼。

想念奶奶的爸爸

那时那首歌

我跟朋友去了益善洞。那里比想象中小很多，随便走走就很快逛完了。走着走着，我们看到一家店门口排着长队，就好奇地上前看了一下，原来那家店上过某个介绍美食餐厅的电视节目。虽然至少需要等三十分钟才能轮到我们，但因为朋友执意要尝一下，所以我们还是乖乖排了队。漫长的等待结束后，我们点了好几道菜，但感觉跟平时吃的食物味道没什么两样。

"唉，这家店的菜也没好吃到需要大排长队的地步啊。"我和朋友把点的所有菜尝了一遍后说道。这时，店里播放的音乐吸引了我们的注意，都是些我们学生时代爱听的歌。不只我和朋友，坐在隔壁桌的人也一起跟着哼唱起来。

"哇，这首歌我当初用CD听过！"

"我也是，我也是！"

每当换歌的时候，我们都会聊起有关那首歌的回忆。我说起上小学时穿着和某歌手一模一样的衣服去学校的事，朋友则讲起上大学时为了才艺表演练习舞蹈的事，我们就这样一件一件地回忆起以往的趣事。

"我们下次再来吧。"

"好呀!"

重新听以前听过的那些歌,就像是回到了过去的那段时光。

吃饭的时候,我还想着以后应该不会再来这家店了,但没想到竟然会因为几首歌而喜欢上了这里。

音乐的力量

就算不表现出来

我自己去一家生意不错的血肠汤饭餐厅吃饭,虽然特意选了不是用餐的时间去,客人还是很多。两位老板在一旁聊着天。

"坐在那里的大叔是在邮局工作的那位吧?"

"嗯,对啊,就是每次吃饭都会流好多汗的那位。今天是带别人一起来的呢。"

"不过今天怎么没出汗啊?"

"当然是因为我把电风扇打开了。"

两位就这样坐在那里不停地闲聊着。

"喜欢往汤里放好多辣椒的那个小伙子终于剪了头发,看着觉得清爽多了。"

"对啊,整个人看着帅气多了。"

我平时常来这家餐厅,但因为每次来的时候客人都很多,所以并没有觉得这里的服务有多亲切。就连想再点小菜都会看服务员的脸色,犹豫要不要说出口。之所以常来这家餐厅,就是因为这家餐厅的汤饭很好吃,仅此而已。所以听到这番谈话时,我感到十分意外。我从来没见过这两位跟任何客人聊过天,但两位老板竟然知道这些客人从事什么工作,并根据各自的特点制作出适合的汤饭。总体来说,两位老板是那种虽然懂得如何细致地照顾别人,却不会表现出来的人。

两位老板说今天的米饭还没好,就先把血肠汤端了出来,过了一会儿才把米饭端了上来。看到老板在给我盛饭,我便告诉她:"我的可以少盛一点。"结果老板盛的量正好就是我平时的饭量。难道说两位老板也记得每次独自过来吃饭的我吗?虽然没有亲切地聊上几句,但我的内心就像那碗刚做出来的米饭一样暖烘烘的。话说回来,两位老板会怎么称呼我呢?每次都点大份的血肠汤,但米饭总是会剩下的姑娘?

我在你眼中是什么样的人呢

两个圆圈

每个人都有一个圆圈。

喜欢上一个人时,

想靠近对方的心就会被拉长。

变长的一端靠近对方圆滑的表面时,

那个地方就会凹进去,

而两旁便会像两座山一样凸起来。

变长的心和对方凹进去的地方相吻合,

两个圆圈就这样变成了爱心的形状。

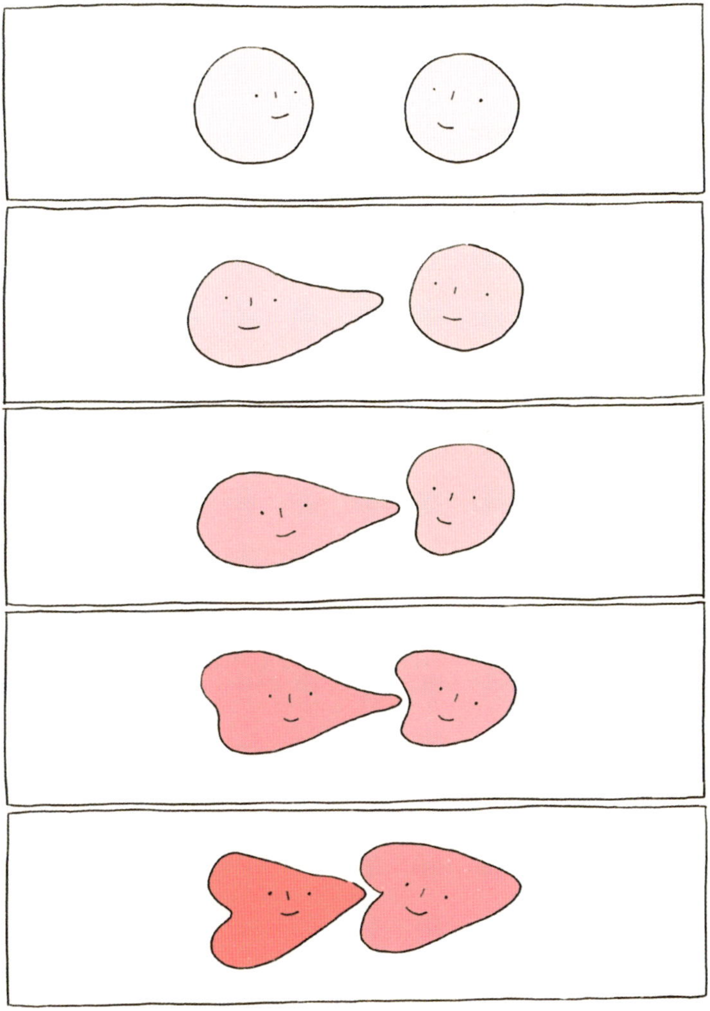

爱心

曾经喜欢的人喜欢过的

因为曾经喜欢的某个人,我喜欢上了雪。虽然我们之间已经结束,但我学会了"喜欢"。有一天,偶然的机会我们在外面一起喝酒,喝完啤酒出来,全世界都被白雪覆盖了。本想打辆出租车回去,但因为雪景太美,便决定走一会儿再打车。我们俩走在街上,每走一步,脚下都会发出"咯吱咯吱"的声音。

"我很喜欢下雪天。"

我就这样和喜欢雪的他走了几个小时。虽然当时没那么喜欢雪,但因为不想和他分开,就继续和他走了下去。时间越来越晚,路上的行人渐渐少了,雪地里最后只剩下我们两个人。不知道是不是因为那场雪太美,总之在那之后,我们便开始交往了,而那一年真是下了好多场雪。

多亏了喜欢雪的他,我现在,很喜欢雪。

喜欢的事物变多的原因

久违的盆栽"散步"

早上起来一看,外面正在下雨,心想这可太好了。下着雨的周二早晨,对于上班族来说,可能是最不想面对的时间,但对于作为自由职业者的我来说,并没有工作日和周末之分。而且从不久前开始,我就决定只要一下雨,就把家里的盆栽带出去,让它们在雨中"散散步"。

我把家里的三盆盆栽搬到屋顶的桌子上。因为这些"孩子"平时只能待在家里,所以碰到这样的雨天,我便会让它们在雨中"散散步"。我晚上偶尔会轮流带着盆栽到屋顶上坐一会儿。那里虽然有些简陋,但视野很好,能看到高大而又闪亮的南山塔。

我用毛巾擦了擦摆在桌子旁边的椅子,然后撑着伞坐下来看着盆栽。每天喝的都是自来水,现在喝着天上下的雨,不知道味道如何?是不是特别甜呢?它们肯定也会觉得这里的空气和屋内沉闷的空气不同,特别清新吧。在这开阔的空间里大口呼吸着新鲜空气、一起淋雨的这三盆盆栽,就是和我一起生活的全部生命体。

不论是花还是人，其实都是一个道理

真心讨厌的人

前不久,我和在某个聚会上认识的几个人随意聊了起来,因为事故而毁容的A也在其中。之后,当A不在场时,有一个人竟说出了这番话:

"要是我的脸变成A那个样子,我可真没法活了。"

啊,这个人真的属于我最、最、最讨厌的那类人。自那天起,我再也没去过那个聚会。这种人根本无法理解别人的痛苦、伤口和经历,所以我毫不犹豫地删掉了这个人的联系方式。

前不久，咖啡馆的主人把雨伞借给了几位客人

几天后，我拿着雨伞来到那家咖啡馆

老板看着我开心地笑了

我见到过和她类似的人

虽然不清楚对方是谁，就算是第一次见面，还是会向对方传递温暖

那种人

那种心意是从何而来呢

我的弟弟，东载

　　弟弟比我小八岁，年近三十的他将我的画设为手机壁纸。前不久，我偶然遇到了弟弟的好友。他跟我说，他常听东载提起我，也看过我画的画。当父母为我感到担心的时候，弟弟总是这样说：

　　"姐这么努力，我们就多相信她一点吧。"

　　当我偶尔想要偷懒，什么也不想做的时候，这些简短却珍贵的话就会让我重新振作起来。

信任的翅膀越大，我们就能飞得越高、越远

还没准备好

最近妈妈成了我最好的朋友。和妈妈通话时,我们聊的大部分都是一些日常琐事。妈妈说她打算在菜园里种生菜,但因为错过了播种的时期,所以只能种已经长出芽的幼苗。而我也跟她聊起自己用了新乳液,感觉皮肤变得特别好这种无关紧要的小事。

前两天通话的时候,我跟她说,我和朋友去奥特莱斯[①]买了一条浅紫色的连衣裙,然后今天白天跟她说,我穿上了那条新买的连衣裙,结果她竟然问我什么时候买的新裙子。

"妈,我不是跟你说过我去奥特莱斯买了一条浅紫色的连衣裙吗?你还说我穿起来肯定很好看呢!"

"是吗?我不记得了。"

"你上次还忘了我讲的朋友的事呢。最近怎么老是忘事啊?"

---

① 奥特莱斯:英文为 Outlets,又被称为"品牌销售购物广场",起源于美国,指专门销售知名品牌反季、停售、断码等商品的购物中心。

"等你到了我这个年纪就会明白，忘东忘西那是常有的事。"

然后，她就跟我讲起了前几天和三个朋友一起坐车时的事。她说有一个朋友说了半天之后突然被打断，之后她问其他三个人自己说到哪儿了，结果竟然没有一个人记得。因为她讲的那件事特别好笑，大家从一开始就都捧腹大笑，听得津津有味，但没想到大家竟然会忘得一干二净。她说这种事在她们这个年纪是常事，后来她们又因为四个人全都记不起来这件事而笑了半天。每当听妈妈讲起这种事，我都不禁有些伤感，但她依然笑个不停。毕竟，我还没准备好接受妈妈已经上了年纪的事实。

相像之处

属于自己的人生

"爸,你什么时候感到最幸福啊?"

大约一年前,我给爸爸发了这条短信。下午快傍晚时发的短信,到晚上才收到回信。

"你和东载出生的时候,还有我和你妈攒下钱买房的时候。"

我想,在收到我的短信后,爸爸估计是回顾了一下自己的人生,然后才编辑了这条短信。看到我的出生竟是父亲人生中感到最幸福的事,我心里既开心又感激。

"那爸爸什么时候觉得日子过得还不错?"

这回我发完信息之后,马上便收到了回信。

"买了一箱盈德①竹蟹回到家的时候。"

我想起了这件事。那是我上小学的时候,爸爸去浦项旁边的盈德买竹蟹,把竹蟹装在四四方方的黄色塑料盒里带回了家。那是我第一次看到那么多螃蟹,所以那场景

---

① 盈德:韩国庆尚北道东部的一个郡,盛产竹蟹,为韩国著名的"竹蟹之乡"。

至今记忆犹新。想来爸爸那天真的很幸福,因为有我、弟弟和妈妈在,还有丰盛的竹蟹大餐。我还记得连十韩元、一百韩元的硬币都要包在纸里攒起来的妈妈,埋怨爸爸乱花钱的样子。估计爸爸当时连听这种唠叨,都会觉得开心吧。

像这样一点点地听他们讲起往事,我感觉自己更加了解爸爸妈妈的人生了。明明他们也有属于自己的人生,我却一直只把他们当成我的爸爸妈妈,成了只会向他们伸手寻求帮助的没出息的孩子。

弟弟教会我的

第 3 章
不完美的日子累积下来

像植物那样

二十岁以后，我就一直过着四处漂泊的生活。光是搬家就已经有大概十二次了。我从韩国搬到美国旧金山，再到纽约，然后又重新回到韩国。

我一向都是自己做决定、自己过日子、自己一个人生活。虽然最近很流行使用"独餐""独酌"这类词，但我从很久之前便开始独自吃饭、独自旅行。有一天，我突然有了一种想法：是不是因为独自生活久了，所以我成了一个背负着寂寞、内心孤独的人呢？

因为没人可以商量，我便总是随心所欲地离开，随心所欲地回来。当然，一个人生活难免有些孤单。每当我觉得太安静时，就会开着电视画画或读书。虽然屋里只有我一个人，但至少有各种声音和活动陪伴着我。我经常安慰自己：人在独处的时候才会成长。就像植物会在不知不觉间长大一样，我肯定也会有所成长。

现在的房子我也已经住了两年,是时候重新找房子搬家了。搬家收拾行李时,是我感到最孤独的时候。然而就像乘风飘到别处后生根发芽的植物一样,我也能在新的地方安定下来。虽然那里肯定也会刮风下雨,但我肯定也会像植物那样,就算不断摇晃,也不会轻易掉下一片花瓣、一颗果实,坚强地活下去。

只要不停下脚步，梦想迟早会实现

久而久之

村上春树在《我的职业是小说家》一书中提到自己从未觉得写作是一件痛苦的事,也没有因为写不出小说而受苦的经历。他认为如果写作不能使自己开心,那就没有了写小说的意义。虽然村上春树是我非常喜爱的作家,但和他不一样,我并不是那种一坐下来就能写得很顺利的作家。不管是走在路上、在和朋友聊天,还是在洗澡,又或是在睡觉前,只要想到些什么,就算只是一个简单的词,我都会立刻记下来,然后等写作的时候再把它们一个个拿出来,摸索着把它们组合起来,写成完整的文章。

最近家里的电饭锅坏了,所以我生平第一次尝试用汤锅煮饭。虽然之前在餐厅里我吃过几次用汤锅煮出来的饭,但等自己动手实际做了才发现,这竟然是一道高难度的料理。刚开始的几次,我烧糊过锅底,也做出过传说中的三层饭①。然而,也有那么一两次做出了那种比电饭锅煮得更

---

① 三层饭:指那种最底层被烧糊,中间一层熟得刚好,而上面一层没熟的饭。

好吃的饭。当然,这也只是在好几次失败之后偶然出现的幸运。

如果大米是文字,米饭是文章,也许我就是那种只有一个小汤锅的人。所以我有时能做出好吃又有光泽的米饭,有时也会做出一锅半生不熟、卖相也不好的米饭。我想,我能做的就是一直坚持做米饭。因为我相信,只要一直勤于泡米、仔细思考、认真煮饭,做的次数多了,肯定就会有做出好吃的米饭的时候。

如果我的心里有一盒火柴

梦　想

"你的梦想是什么？"

关系熟到一定程度之后，我便会经常问对方这个问题。有些人被问到时会面露难色，说自己是第一次被人问这种问题，不知道该怎么回答。但我是真的很好奇，那个人的梦想是什么。

一个关系要好的姐姐曾在纽约给一位非常有名的演讲者辅导英语。姐姐在美国生活了很长时间，也不认识那位演讲者，但那位已近中年的女性演讲者时常会跟她聊起自己的梦想。她总是把自己到了六十岁要做什么，七八十岁的时候又要做什么挂在嘴边。为了实现自己的梦想，她刻苦努力地学习英语，所以英语水平提高得很快。

对我来说，梦想就是生活的能量来源，是我活下去的理由。虽然也曾有过组建幸福家庭、到某家公司就业、想买某样东西等无数个梦想，但从小到大，我真正的梦想始终只有一个——一辈子画画、写作，这便是我唯一的梦想。

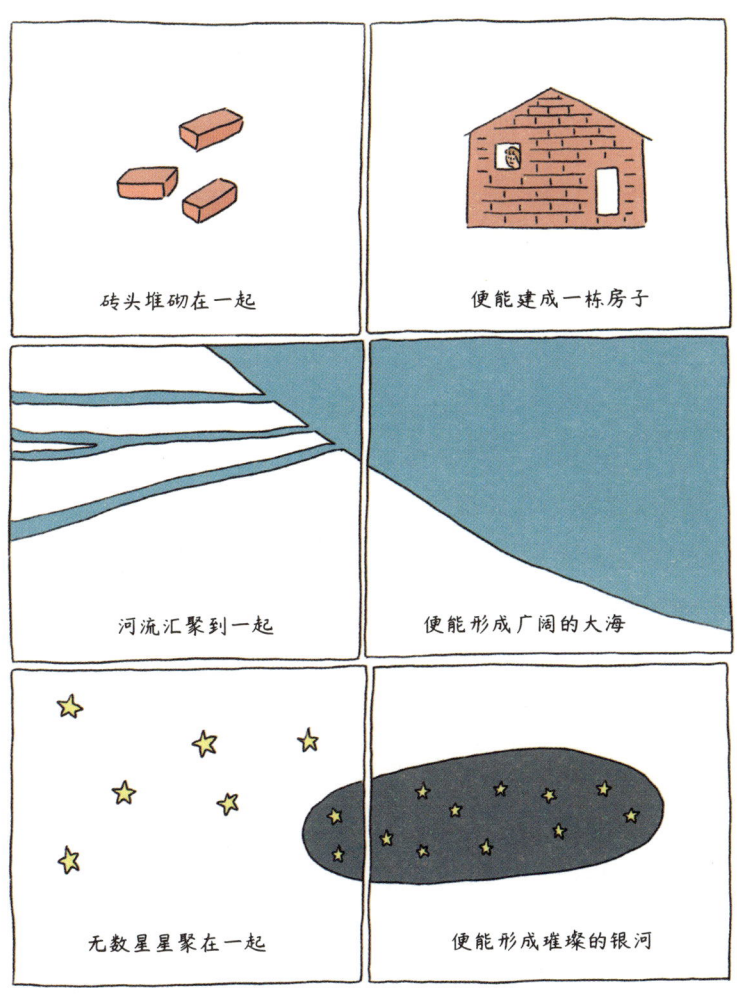

贪　心

前不久，我去医院治疗了皮肤。我平时经常去皮肤科接受治疗，后来听朋友说针疗效果特别好，便经她的介绍去了那家韩医院。我的右脸脸颊上有一块小伤疤，疤很小，如果我不主动提起，几乎没人看得出来，但我多年来一直因它感到自卑。

在韩医院听完我要扎的针是哪种、有什么效果等一长串说明之后，把几十根针扎进双颊的治疗终于开始了。治疗结束后，我照镜子一看，被自己的样子吓了一大跳：脸颊变得通红，好多地方还结了血痂，整张脸就好像红蟹的蟹壳一样，红通通的，上面长满了小颗粒。

虽然医生说两周左右脸就能恢复原样，但我还是有点担心，一回到家便开始抹在医院买的再生霜，还订购了高频按摩仪。治疗后的第五天，我在网上搜索"针疗"和"皮肤疤痕"时，看到有篇文章提及EFG[①]成分有助于皮肤再生，便立刻去买了两种含有该成分的面霜，以及可以预防

[①] EFG：表皮细胞生长因子的英文名"Epidermal Growth Factor"的缩写。

并缓和肥厚性疤痕的乳霜和药膏。算下来,治疗后投入的保养费比在医院花的钱还要多。

就这样过了两周,我的脸依然红肿且凹凸不平,就算化了妆,看起来也是脏兮兮的,而之前那块不起眼的疤痕,在红肿皮肤的衬托下反而变得更加明显了。

"早知道就不做了。"每天我都会后悔好几次。我想起以前,自己有一次在面试前一天挤了稍微冒头的青春痘,结果它变得更大了;还有一次放着常去的发廊不去,经别人介绍去了一家据说做得更好的地方,结果因为不满意,最后只能剪掉一截头发;还有一次去见暗恋的人之前,请朋友给我化妆,结果妆容被弄砸的经历;一边看YouTube[①],一边跟着教程用卷发器弄头发,后来只能重新去洗头的经历……这些往事都在脑海浮现。

本来也不是多明显的伤疤,但就是因为贪心,非得这么折腾自己,结果情况变得比之前更糟糕了。啊,如果能让我回到以前,我一定会好好爱惜自己原本的模样!

---

① YouTube:一个美国的视频短片分享平台。

我坐上了一辆出租车

所有福气都会降临在客人您身上的

司机大叔总是说，所有福气都会降临在我身上

您看看后面

司机大叔突然让我看一下后边

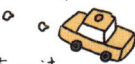

我乘坐的出租车一过，后边便开始施工

我说得对吧，福气来了

司机大叔说，我们能这样一路畅通，没有耽误时间，这便是一种福气

多亏了旁边的车，我们不用晒大太阳了

他说有车子帮我们遮阳，车能开得一路畅通，这些都是福气

难道只有大的福气才算是福吗，像这样的小事不也是一种福气、一种幸运吗

今天您也要加油啊

下车后

我总觉得自己变幸福了

因为司机大叔送给了我，以积极乐观的心态看待世界的福气

福气一定会降临在您身上

那时那句话

因为不是房东,所以我并不觉得自己居住的地区变得有名是一件好事。可奇怪的是,每次我搬完家,没过多久那个地方就会出名,而因为绅士化现象①,我在一个地方住到两年左右就得被迫搬到其他地区。

在首尔时,我在解放村就生活了五年,最先是在解放村入口处住了三年左右,后来因为人口越来越多便搬到了解放村离南山更近的内侧。这个地方后来也成为某个人气美食节目的背景,许多媒体报道称其是一个有特色的地区,短短几年内便聚集了很多人。虽然多亏这些,我有了观看各种人的乐趣,也能在新开的便利店里更方便地买东西,但其实这两个优点对我来说是可有可无的。

后来隔壁开始施工,持续了好长一段时间。多亏了这

---

① 绅士化:英文为 Gentrification,也称"中产阶层化"或"贵族化",是社会发展中的一个可能现象,指一个旧区原本聚集低收入人群,重建后地价及租金上涨,引来较高收入人群迁入,并取代原有低收入人群。

将近六个月的工程，我很少在家里或工作室工作，大部分时间都会去其他地区工作，对解放村的感情也就自然而然地渐渐冷淡了。敲碎混凝土的声音和各种施工的噪声，使我变得更加敏感。当我对隔壁的怨愤快达到顶点的时候，邻居来到了我的工作室。他说，之前向周围打听我的联系方式都无果，好在后来有人告诉他们，我会来这间工作室。原来隔壁住的是一对准备开餐厅的夫妇，他们为这段时间施工而产生的噪声诚恳地向我道了歉，还让我有空一定要去他们店里，他们想要请我吃饭。我埋怨了他们好几个月，但此刻看着他们连连道歉、紧紧握住我的手的样子，那些负面情感瞬间消失得一干二净。如果他们没有来道歉，我也许会埋怨他们一辈子。但在那声对不起后，那数月以来的电钻声都获得了原谅。在那之后，我成了那家餐厅的常客，我们也成了可以笑着打招呼的邻居。而如果没有那句诚恳的话，这一切肯定不可能发生。

我所居住的首尔

就算说我小气

某人为了感谢我帮忙,便请我吃了顿饭。吃完之后,那人去结了账,我说了声谢谢,并对她说下回我来请。其实这只是一句客套话,但在那之后,可能她觉得和我聊得来,便好几次又约我一起吃饭,而我因为有事每次都拒绝了她。每次拒绝之后,我的内心都会变得更加沉重。

"下次见面时,该我请她吃饭吗?"

当初那顿饭是因为我帮了她,她为了还人情才请客的,而且为了去见她,我来回耽搁的时间又该如何算起?斤斤计较的想法一个劲儿地往外冒,就算说我小气也没办法,因为我最舍不得在没用的地方浪费时间和金钱。

付饭钱时并没有感到心疼,
却为了一千韩元感到心疼的那天

需要空间

在家时,我总会有"得整理一下屋子"的想法。衣柜里躺着好多件几年都没穿过一次的衣服;装满各种化妆品的箱子也有好几个;药盒里装满了不知道是什么用途的药;笔筒里也密密麻麻地插着好多年没用过的笔。我根本不用想这么多东西是从哪儿来的,因为这些全都是我亲手带回家堆起来的。

每次新年来临前,我都会下决心做一次大扫除,实施起来却并不容易。我每次都想着"这周末一定要做""明天一定要做",而这样的想法也会像行李似的堆积在心里的某个角落。下一个公休日,无论发生什么也得整理一下屋子了,因为只有这样才能减轻堆在心里的负担。比起这间屋子,我的内心更需要空间。

腾出空间

被折叠的记忆

　　看诗集的时候发现有一页被折上了角，上面还贴着一张黄色便利贴。这是几年前交往过的人送给我的诗集。在我们交往的那段时间里，文笔不错的他给我写了好多信和纸条。其中大部分都是美好的，但他也是一个会用文字表达愤怒的人，所以也有几封信里写着一些伤人的话。那张黄色便利贴，仿佛让我回到了被折叠在心中的曾经。

　　他是个孤独的人，在我交往过的人里，他是唯一一个比我还要孤独的人。即便我们在一起时，也无法填补彼此心中的孤独。虽然对彼此很了解，但从一开始，我们就是两块无法契合的拼图。看着好久没翻开过的这本书，里面的文章不禁使我伤感起来。就好比坚固的铁随着时间的流逝会被腐蚀，闪闪发光的银子日子久了也会失去光芒，这本书也不像以前那样温暖人心了。

保持距离，允许靠近

不再联系的关系

有个朋友从一开始就和我很合得来,不仅是喜欢的电影和音乐相似,几乎所有爱好和品味都很相像。我们十分了解彼此,所以彼此喜欢什么、当下心情如何,根本无须向对方说明。然而因为性格不同,我们偶尔会有冲突。虽然我们俩都属于比较直率的性格,但比较之下,她比我更加直率,而我更小心谨慎一些。每当我们之间出现什么问题,她都会明确地告诉我,我却总把怒气积压在心里,然后在日后的某一瞬间一次性爆发出来。虽然以前也吵过架,但那个时候我们没过多久便会开始想念对方。两个三十多岁的女人抱在一起痛哭的感人的重逢,到现在还历历在目,然而我们现在变成了不再联系的关系。

朋友,有从小到大一直相处得亲密无间的,也有短短几个月关系就变得无比亲近的,而有些朋友相处了数年,却在不知不觉间关系越来越疏远,最后变成了不再联系的关系。我们当初确实是朋友,在那几年,我们对彼此来说是偌大的幸福,也是珍贵的存在。

幼儿园时的朋友

小学时的朋友

初、高中时的朋友

大学时的朋友

感谢你们

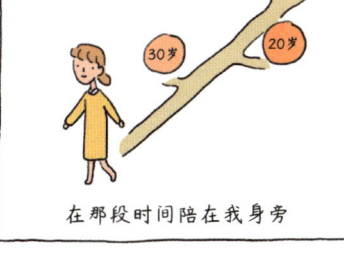
在那段时间陪在我身旁

虽然有些人已经不再联系,
但那些曾经陪在我身边的朋友,
对我来说都是十分珍贵的存在

喜欢独自观影

我喜欢独自去电影院看电影。因为不想被他人微小的动作妨碍，所以我每次都会尽量坐在前排。自己去看电影有很多好处，比如说我可以想吃什么就吃什么。据说边看边吃，食量会是平时的两倍，一边看电影一边吃东西对我来说也是一种享受。要说独自观影最大的乐趣，那就是不用隐藏自己的情绪，高兴时可以放声大笑，伤心时也能毫无顾忌地哭出声来。电影结束后，我喜欢等到带着演员名单的结尾字幕全都播完之后再起身。一个人去看电影时，我就可以不用考虑别人的感受，好好欣赏到最后了。

前不久，我和朋友一起去看了场电影。我因为想哭的时候没能尽情地哭出来，搞得心里有点不舒服，所以之后又单独去看了一遍。第二次观看时，却没有第一次观看时的那种感觉了。果然，想哭的时候就该放声哭出来，就像一个人读书一样。我还是喜欢独自看电影。

心的模样

　　这几天老家家里没人,我难得回去了一趟,结果发现家里有一台之前没见过的净水器。因为厨房用品全都换了位置,找不到杯子的我只好把摆在跟前的一只浅碗放到净水器的出水口。没想到一按下按钮,水花四处乱溅。看到溅出来的水比装在碗里的水还要多,我决定还是去找杯子。翻箱倒柜地找了半天,终于找到了较深的玻璃杯。重新接水时,水刚开始在杯子里还到处乱溅,不过等水位涨到一定高度后,很快便平静了下来。

　　我的心很浅,所以即便只是受到一点小小的刺激,情感也会四处乱溅。如果我有一颗更加深沉的心,就算再汹涌的水流也能包容,也能从容地去接受。我能像这又高又深的玻璃杯一样,也拥有一颗这样的心吗?

腾空与填补

再也无法一样的

前一阵子我去了一趟襄阳,并把在襄阳发生的事全都记在了电脑里,但因为对电脑操作不太熟悉,结果当时写的文稿全都不见了。这是早上刚起床时发生的事情,奇怪的是,我竟然都没有生气,反而发了一整天呆。

一模一样的文章是绝对写不出来的,就和作画一样,就算是再简单的图画,也无法画出相同的线条。就像看着相同的乐谱,弹着相同的琴键,钢琴也会随着乐手的不同发出截然不同的声音。爱情应该也是如此吧。我也曾爱过,分手过,复合过,本以为重新开始就能回到最初热恋时的状态,然而还是会在某一个节点上失败,就算再怎么努力想要回到曾经的那段美好时光,也无法变得和当时一模一样。

上高中时，我学了水墨画

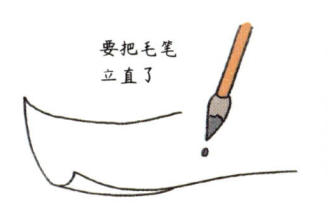

要把毛笔立直了

在薄薄的高丽纸上，用蘸着墨汁的毛笔画画

墨汁很容易晕开，线也容易画断

所以很难再次上色或修正

果断地画出线条

因此我必须全神贯注地一口气把它画出来

这是从头到尾集中注意力而完成的画

水墨画的魅力

后悔说出口的话

那天我很生气。刚在一起的时候,他做什么我都很喜欢,后来却变得怎么看他都不顺眼,积攒在心中的伤人的话也随之脱口而出。那些话尖锐又刺人,就像在沙地里撒下的一捆针一样。而他用手轻轻安抚了那堆夹杂着针的沙子,我想肯定很痛吧。就这样,我们交往了一段时间,然后在夏天到来前分手了。我时常会想起那时的我,想起那些愚蠢的话、愚蠢的心,以及愚蠢的我。我感到很抱歉,也感到很心痛。

后悔又有什么用

奇怪而微妙的感觉

之前交往过的人要结婚了,听到这个消息后,我有些心烦意乱。不,"心烦意乱"这个词用起来不太恰当,我试着想出几个可以代替它的词,但又觉得没有一个合适,所以每写出一个词又会把它删掉。也许是因为头一次体会到这种心情,所以才会找不到恰当的词来描述它吧。

我晚饭吃得很饱,洗完澡后躺在床上看手机。很轻易就找到了他的社交网络账号,毕竟他是个很简单的人。照片里的他笑得很开心。虽然我对他已经没有任何留恋,但这感觉就好像是被打上了这辈子再也不会和他有任何交集的烙印似的,就像我这吃撑了的胃一样,奇怪而微妙的感觉把内心填得满满当当。

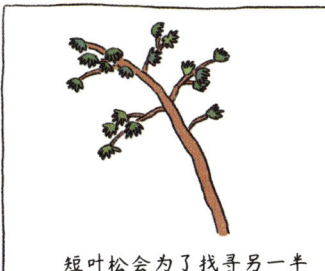

短叶松会为了找寻另一半而等待时机

那就是200℃

一旦山火燃起,山上的温度上升到一定高度

松球就会裂开,播撒种子

炙热的温度虽有可能致命

但只有达到滚烫的燃点,才能去寻找另一半

温度

夜晚来袭

在外面过得很开心,但一回到家,

感觉就像吃下了一种颗粒非常小的能让人感到孤独的药。

悲凉的夜晚很快便席卷而来。

是从什么时候开始感到如此孤独呢?

难道小时候的我不懂得什么是孤独吗?

还是因为睡得太早,所以根本没时间去感受这漫漫的长夜呢?

随着年龄增长,睡眠逐渐变少了,

而且就算睡得晚也没人会说什么,

所以悲凉的夜晚变得越来越频繁。

"每个人都是孤独的。"

难道这世上就不存在不孤独的生活吗?

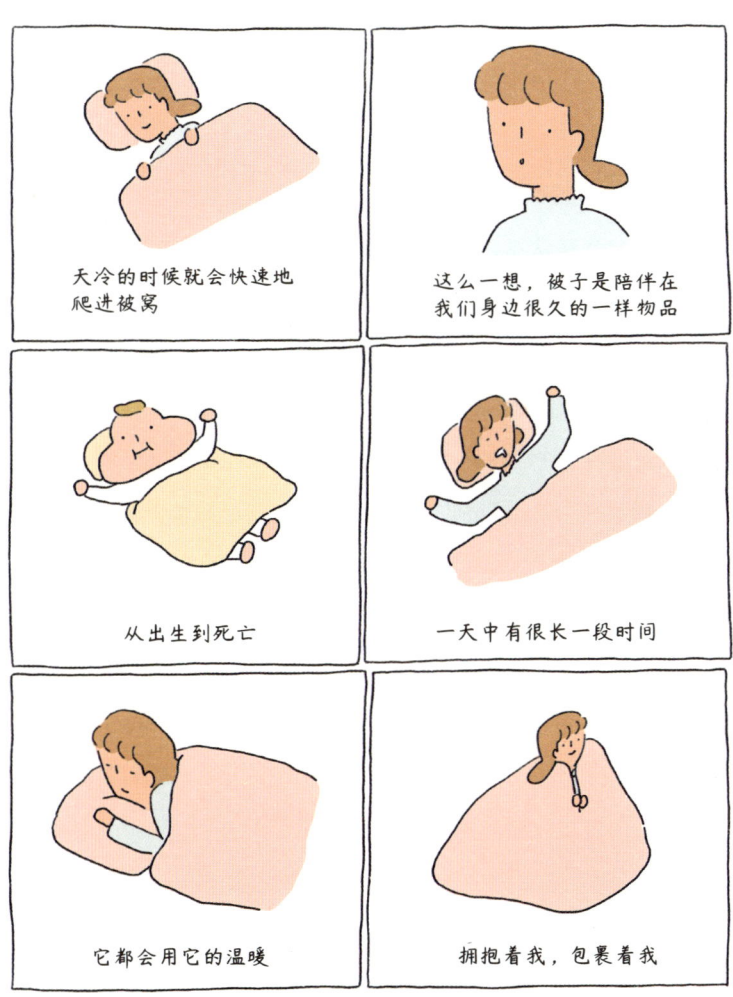

物品给予的安慰

关系熟的标准

"她说她跟你很熟。"

朋友问我认不认识那个人。我跟她目前还谈不上熟,所以只是问了朋友上次和她聊得怎么样。回到家之后,我想了想我和她之间的关系到底算不算熟。我们一起吃过两次晚饭,其中有一次还喝了酒,一起去看过展览,喝过茶,每逢过年或中秋还会发短信问候彼此,那我们算熟吗?

其实世上并没有判断两个人是否是朋友的唯一标准,也没有衡量两个人熟不熟的唯一标准,所以某人说跟我很熟,其实也没什么问题。但每当那时,我还是会因为觉得我们的关系并不算熟而犹豫该怎么回答。很熟的话,两个人应该可以随时打电话给对方,就算好久没见,再见面时也不会感到尴尬,就算是琐碎的小事也可以毫不犹豫地讲给对方听,就算吃完饭自己来买单也不会感到心疼,自己一个人住的家对方随时都能来过夜。啊,越想越觉得那个人和我真的谈不上很熟。

就是觉得很尴尬

真正的我

几天前我去吃了大排档,虽然平时嗓门不大,但在大排档里就会大声地叫"阿姨",点菜的时候也会抬高嗓门,吃饭的时候还会时不时地跳起耸肩舞,跟朋友叽叽喳喳地聊个不停。昨天我去了一家高级餐厅。菜品是一道一道端上来的,我每吃完一道料理都会擦擦嘴,还会尽量使盘子保持干净,不让它沾到太多酱汁,吃饭的速度也相当慢。

这样一想,其实我和不同的人见面时不太一样。坐在好朋友的车里时,我会像大叔一样盘着腿坐在副驾驶座上和朋友闲聊。而坐在不太熟的人的车里时,我就会把腿并起来,时刻保持着小心翼翼的状态。对某些人很挑剔,对某些人又很温柔。我到底是一个怎样的人呢?真实的我又是什么样的呢?

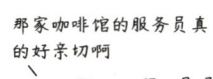

不是天使，也不是恶魔

以更加成熟的方式做一个坦诚的人

和我认识很久的人经常会对我说，不需要强迫自己坦诚，仅仅为了做一个透明的人而说一些不必要的话，对人际关系其实一点帮助也没有。

然而如果不坦诚的话，我就会有种自己在欺骗对方的感觉，内心也会感到不安。虽然我不想放弃坦诚的自己，但也不想因此伤害别人。难道就不能用更加成熟的方法去做一个坦诚的人吗？

前不久我去了一家餐厅

坐在隔壁桌的两个人在聊天

窗帘太土了吧，菜单也没什么特色，盘子也怪怪的，服务员的发型也不好看

她为什么要说那种话呢？

不过也是，毕竟不管说什么，都是人家的自由

这人怎么这么过分

她爱说什么就说什么吧

两种对立的想法游荡在脑海中

之后那个人这样说道

我性子直，所以才会想到什么就说什么

你知道的，我不会说假话，不会绕弯子

我就是这么坦率

你小点声

那家餐厅并不大，服务员也就站在她跟前

说实话，我也很想坦率地对那个女人说

你太没礼貌了

打着坦率的旗号

独居生活技巧

独自生活了十五年的我,掌握了一个生活技巧。我一般都会在超市关门前两个小时,和住在解放村的朋友们一起租一辆车去买东西。大家都是精打细算的生活老手。晚些时候去超市采购,我们都有种明明花了钱却赚钱的感觉。

有时用七千韩元就能买到一盒一万韩元的寿司,有时几样东西加起来原本要一万韩元,但到了晚上只需要五千韩元便能买下来。这样一来,我就会有种赚了五千韩元的感觉,心里美滋滋的。今天我买了晚上要吃的三文鱼寿司、促销大减价的牛肉、参加优惠活动的卷纸、赠送保鲜盒的麦片和几个水果。哇,今天赚了两万韩元呢!

住在附近的朋友

摩托车

去江南的路总是很堵。

在这拥堵的道路上,一辆摩托车却能自由地穿梭。

它从我的车旁经过,转眼间便从视野里消失了。

"啊,如果我的人生也能像那辆摩托车一样,畅通无阻地向前狂奔就好了。"

朋友回答道:"那也会很危险。"

没错,任何事都具有两面性。

欣赏美的资格

无法熟悉

那天，我很想躲进黑暗里。在酒桌上，一位熟人对我说道："你算什么画家呀，你什么也不是。我认识的一个画家，他的画值几十亿韩元呢。"当听到别人说我什么也不是时，我好像真的就成了那种存在，自己浑身就只剩下这点自尊心了。平时听到其他画家办展览的消息，我的内心也从来没有动摇过，反而很尊敬他们，但听熟人说这句话时，我那堤坝般坚固的心竟出现了一道细微的裂痕。随后，悲伤瞬间从那道裂痕喷涌而出。我内心的堤坝就是用自尊心堆起来的吧，热情迅速从裂痕中溜走，我的心就像被水浸湿的高丽纸一样沉重、溃烂。当我把这件事告诉朋友时，她劝我别把这种没营养的话放在心上，然后就拽着我去吃饭。我们点了五花肉和烧酒，吃完后一起散了一会儿步，然后坐在解放村的台阶上。我在那里抬头看到了月亮，跟朋友聊了半天之后，湿透的心也渐渐变得干爽了。是啊，只要花时间好好吹干，我的心也会像干透的高丽纸一样，变得更加结实坚韧吧。

梦 想

两种人生

有些人对一切都持消极否定的态度，常把"就是因为这样才不行""好烦啊"之类的话挂在嘴边。对这种人来说，生活中的每一个瞬间都很糟糕。乘地铁时会因为人太多而感到生气；太阳太大会把脸晒黑，所以就讨厌阳光；吃饭时会因为菜不好吃而发牢骚；一起看电影时会说电影不好看，简直就是在浪费钱……他们一天到晚都把这种话挂在嘴边。

但这世上还有另一种人。一起乘地铁时，会说最近很喜欢这首歌，然后把耳机递给我；会说因为阳光明媚的好天气，自己的心情也跟着变好了；碰到一家店的菜口味偏淡时，会说这样有益于健康；会说能跟我一起看电影就已经很开心了。

这就是两种截然不同的人生。

积极的想法　　　　消极的想法

感到空虚

前几天刚剪完的指甲,不知不觉间又长长了。窗户只开了一条小缝,吹进来的风却很大。妈妈正在和朋友通电话,弟弟跟我说等会儿一起看电影。爸爸下班后回到家,正在准备奶奶以前常做给我们吃的烫章鱼片。明明能感受到来自很多人的关心与爱意,日子也过得很和谐,但我总觉得缺了点什么。虽然日子一天天过得没有什么大问题,但总会莫名地感到孤独或伤感。我想了好多天,还是不明白,自己明明过得很好,为什么还是会经常感到空虚。

孤独就像喷嚏一样，藏也藏不住

窗外的风景

"赶紧回来吧。"

听说爸爸突然昏倒了,我便急忙赶回了金泉。那时已是深秋,因为多人间没有床位,所以爸爸被安排在了单人间。一开门,像床一样大的巨大窗户映入了我的眼帘。

深秋,窗外的小山尽收眼底。那座小山并不是因为离这里远才会看起来那么小,而是它本身的大小就接近于村子里的小山坡,但比小山坡大一点,又因为太小所以很难称之为山。总之,那座小山被框在了窗户里。

美丽的深秋,在躺在病床上的爸爸的身后,色彩或红或黄的华丽缤纷的树木宣告着秋天的到来。每当妈妈抚摸着爸爸的腿和头发时,窗外在风中摇曳的树木便会抛撒出各种颜色的树叶。

爸爸还病着呢,我竟然还有心思感叹深秋的美,欣赏窗外的美景,一种罪恶感涌上了我的心头。

何种心情

大家都怀着什么样的心情生活呢?

郁闷的心,

烦闷的心,

幸福的心,

恻隐之心……

我感觉所有心情混杂在一起,才构成了我的心。

大家都是怀着什么样的心情生活的呢?

难道像倒下的多米诺骨牌一样,被推着往前生活的吗?

我们又应该怀着什么样的心情生活呢?

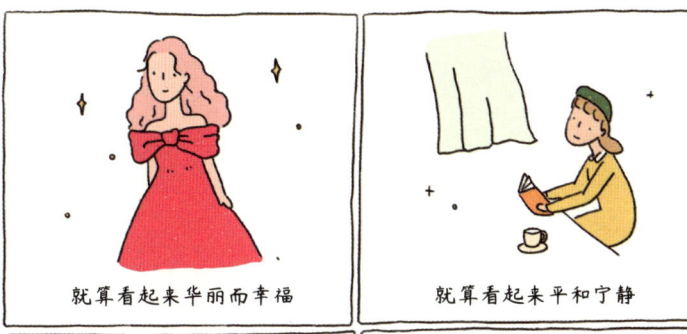

就算看起来华丽而幸福

就算看起来平和宁静

就算看起来富有，没有烦恼

那些都只是表面

那里面装着什么样的感情和想法

其他人并不知情

世上最难懂的便是人心

第 4 章

心潮涌动

就算不去催促

　　今天是"雨水"[①]，也就是冰雪融化、种子发芽的时期。人活着，内心也会迎来无数次"雨水"，然后经过天气渐热的"小暑"后，再迎来夜渐长的"秋分"，偶尔也会在寒冷的"小寒"独自哭泣，不过很快便会到次年的"清明"。

　　有些事情会随着时间流逝而得以解决。不管如何，日子都要接着过下去。虽然我们偶尔会哭泣，但很快便会有好事发生。梅雨期虽长，但过几天乌云总会散去，天空中又会有太阳升起，那些潮湿的衣服也会变得干爽。就像这样，一切又会重来。

---

① 雨水：二十四节气中的第二个节气，每年公历2月18日至20日。

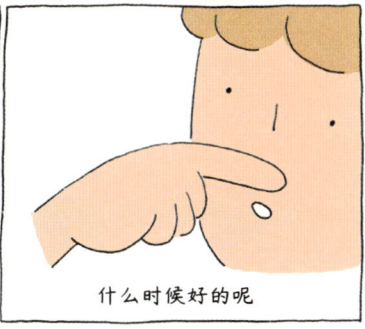

时 间

早饭

"吃饭啦。"

每当早上起来洗漱完,做好外出准备时,我便会听到妈妈叫我们吃饭的声音。吃早饭的时候我们会聊很多事情,我和弟弟会讲一些在学校发生的事,零花钱不够了也会在这时候稍微跟爸妈提一下。爸爸妈妈一整天的工作,我们也是在吃早饭的时候知道的。妈妈说昨晚用刺嫩芽腌了酱菜,再过几天就能吃了。爸爸说他昨天流鼻血,因为流了好一会儿也没停下来而吓了一跳。总之,聊的都是诸如此类的琐碎之事。

早饭是我们一家人各自开始新的一天前,在起跑线上摄取的温暖的力量。妈妈为什么每天都会用心地给我们准备早饭呢?吃完饭准备出门时,妈妈还会叮嘱我们在外面也一定要按时吃饭。

就这样,接下来的每一天,我们都像往常一样一起吃早饭。

生日就得喝海带汤

泡海带

不论是我的生日

拧干水分,把海带和牛肉放到一起炒一炒,然后再加一点蒜

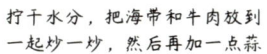

爸爸的生日

然后只需要煮上一阵即可,最后再用酱油和盐调一下味

还是弟弟的生日,妈妈都会煮海带汤

而妈妈过生日的时候

我们就去买菜,也会给她煮海带汤

心爱的人过生日时,就要煮海带汤

心潮涌动

在位于大邱近郊的漆谷举办了我的首场美术馆展览，我的作品是和几位有名的画家前辈的作品一起参展的。开幕那天，我因为感冒太严重，所以没能参加，几天后才和妈妈一起去了那个美术馆。我已经很久没有带妈妈去展示着我的画的展览场所了。首尔的美术馆展览日程都排得很满，而我又不想把自己的作品放到太小的美术馆里展示，所以就拖了很久。我们和从入口处开始就热情招待我们的工作人员一起把整个美术馆逛了一遍，欣赏了所有作品。正当我为工作人员的盛情款待感到不知所措的时候，我瞥到了妈妈脸上的表情——是我从未见过的欣喜。

从美术馆出来之后，我们约爸爸一起去吃饭。爸爸妈妈是那家餐厅的常客，所以和老板关系不错。他们聊天的时候，妈妈突然开口说道："您去过漆谷新开的那家美术馆吗？那儿挺大的，环境也好，有空的时候带孩子们去看看吧。"然后就把在网上搜到的照片递给老板看，听得一头雾水的老板只好笑着答应。回到家后，妈妈还把那家美术馆的网站链接发到了朋友们的群里,还给朋友们打电话,约她们一起去美术馆看展。真没想到我的展览竟然能让妈妈这么高兴,我似乎让他们太晚感受到这种幸福了。自从决定走上职业画家的道路后,这是我第一次没有因为这个决定而对父母感到抱歉。

几天后,一个住在金泉的朋友把自己在美术馆拍的照片发给了我。她说特别开心,她可以跟一起去看展的朋友炫耀自己是我的朋友,也为有我这个朋友而感到自豪。啊,我顿时心潮涌动。

妈妈，我爱你

完全信任

作为一个接外包工作的插画师,我遇到过各种类型的客户。有些客户虽然只要了两幅插画,但我会多画些给他们,然而对于有些客户,我只会按照约定的数量作画。因为插画这种东西并没有正确答案,所以有时也会接到令人很费解的工作要求。例如:"要有春天般温暖的感觉,但是色调最好清冷一点,看起来简单,但又能引人深思,让人感受到丰富的内涵。"听到这种要求时,我就会感到很为难,而且这种单子一般后期修改的工作量也会很大。

现在如果对方一开始就提出这种模棱两可的要求,就算觉得可惜我也会拒绝。我觉得自己没有能力满足他们的要求,在把彼此折磨得筋疲力尽之前放弃,想来对双方来说都是更好的选择。当然,如果我很空闲的话,自然也能花更多时间和精力去思考什么是"清冷的春天"来完成作品,但我终究不是一个适合这种工作方式的人。

有些客户会百分百地信任我,让我放手去画。

"老师您看完文本之后,根据您的想法来构思、作画就好。"

在这种没有任何限制、可以尽情表达自己想法的情况下,我反而能有更多创意。而且没有了那些模棱两可的要求,我还能节省出更多时间来提高插画的质量,不仅如此,我还能每次都提供超出客户要求数量的设计草图。有时,信任他人,让对方放手去做也许是最明智的方法。

我会骑自行车啦

有什么梦想

我看了电影《安藤忠雄：武士建筑师》。这部纪录片式的电影讲述的是日本著名建筑家安藤忠雄的故事。电影刚开始十分钟的时候，我就悄悄拿出了笔记本，记下他在电影中说过的话：

"给自己一分钟的时间来缓口气。"

"想要更上一层楼的意志。"

"人生就是要放手一搏，如果失败了，道个歉就行。"

"一定要竭尽全力。"

"想要做的决心。"

"想象力。"

"有什么梦想？"

他说的每一句话都让我深有感触。电影结束之后，我在回家的路上一直回想着记在笔记本里的话。一位年迈的建筑师都能如此心怀热情地生活，还不到四十岁的我又梦想着什么呢？我还有梦想吗？

一辈子都充满热情地生活，我有什么做不到的！

我想起了上高中时，为了考上大学而努力的那段时间

那时候，我把芭蕾舞者姜秀珍的脚的照片贴在墙上

我看着那双伤痕累累的脚

下定决心自己也要像她一样努力

当我感到热情消退时

便会回想起那个时候

好，那就再努力一次吧

为某件事竭尽全力的时候

天空的心

天空之所以那么美,是因为它有颗善良的心。

当数亿颗星星升起时,天空会悄悄把自己染黑,

从而使星星更加闪耀。

下雨天,它会把自己染成灰色,

以免雨滴被火辣辣的阳光晒干。

相反,

艳阳高照的大晴天里,天空为了让太阳更加耀眼,

便会把自己染成深蓝色。

又生怕有人会埋怨太阳太热,

便又悄悄塞进了几块大云彩,来造出几片阴凉。

天空比起自己,更懂得如何使他人闪耀,

所以只要我听到"天空"这个词,

或者抬起头看着它,

内心的褶皱就会舒展一些。

善良的影响力

因为阳光，因为温暖

我跟请了半天假的世妍一起去金泉的一个小型莲花池吃饭、喝咖啡。

"感觉真好啊。"

"从高中开始，我们就一直来这个地方，你现在还没腻啊？就这么喜欢这里吗？"

"我喜欢的是能悠哉地坐在这里享受闲暇。"

世妍每天都是一大早从家出发赶去公司，直到晚上才回到家，睡一觉起来后又要再次钻进某个建筑物里。能像现在这样大白天坐在这里，她就已经感到很幸福了。

"我真的好喜欢明亮的白天啊。"

"是吗？我更喜欢黑漆漆的夜晚。"

这样谈论着时，几颗小小的蒲公英种子像电影里出现的样子一般飘到我们眼前。

"你看，如果是晚上，你还能看到它们吗？"她笑着说道，"用眼睛记录这个世界是多么重要的事啊，如果不想错过各种各样的美好瞬间，果然还是明亮的白天比较好。"

我们在阳光隐隐照射的地方坐了好一会儿,被春天的阳光晒得浑身麻酥酥地暖和起来。啊,这可能就是为什么我喜欢世妍——因为阳光,因为温暖。

从上高中的时候开始，
我就常常去世妍家玩

我可以说是吃着世妍
妈妈做的饭菜长大的

阿姨

现在回到金泉时，
我也会常常去世妍家

从高中开始就喜欢吃的炒蘑菇和
炸辣椒，不论什么时候吃都觉得
很好吃

我们就是这样共享着微小
而伟大的事物

一起长大的关系

最亲近的朋友

我以为我了解

爸爸妈妈为了参加东载的毕业典礼,从金泉来到了首尔。虽然我和弟弟年纪相差很大,但我们是那种经常联系、关系很好的姐弟。弟弟的性格虽然不算安静,但也不会很吵闹,他的朋友也不是很多,至少我以为他是这样的人。

托弟弟的福,我第一次亲眼见到了韩国大学的毕业典礼是什么样的。学校入口挤满了卖花的商人,穿着学士服的学生和穿着便装的人们聚在一起,人山人海。最让我感到神奇的是,校园里到处挂着各式各样的横幅,上面写着"恭喜××毕业""××加油"诸如此类的话。正当我想着这些横幅上的人在学校里得多受欢迎,和朋友们的关系得多好,才会有人愿意给他们做这种东西时,突然看到远处东载的学院楼前挂着一条横幅,上面印着他的脸。我都惊呆了。

再往前走一会儿,又在另一条横幅上看到了弟弟的脸。给他的横幅不止一条,甚至还有立牌,有几十名同学向东载表示祝贺。自从弟弟初中时带了一帮朋友到家里玩之后,我还是第一次看到他和这么多人待在一起。

"天啊,我弟弟竟然是这样的人。"

我本以为我们俩特别亲近,但我此刻发现自己其实并不了解弟弟。多亏有个"人气王"弟弟,我们一家人才在毕业典礼结束之后和弟弟的二十多个朋友一起吃了饭。爸爸可能为东载有这么多朋友感到自豪,所以不停地在笑,而妈妈总是时不时地拿出手机,来回看着照片里弟弟的横幅。哎哟,万万没想到东载在外面竟然是这样的人,认为一家人肯定相互了解简直是大错特错!

连花生都各不相同

礼物的达成

前不久,有个熟人开了一家茶馆。因为帮她设计了招牌,她便送了我一些茶叶表示感谢。一共有四种茶,每一罐茶上面都贴心地贴着便条——

普洱茶:抗氧化效果显著,预防老化。

茉莉花茶:净化血液,保护肝脏,有助于缓解眼疲劳。

洋甘菊茶:改善肠胃不适、睡眠质量差、头痛等症状,有助于缓解压力。

柠檬茶:有助于缓解压力,改善睡眠。

因为普洱茶很珍贵,所以想要享受悠闲时光时可以喝普洱茶,眼睛疲劳时可以喝茉莉花茶,感到疲惫的时候可以喝柠檬茶,睡前可以喝洋甘菊茶。

不久前,我工作时第一次泡了杯普洱茶,边饮茶边工作。星期天喝了柠檬茶。而今天喝的是洋甘菊茶。原来茶这个礼物的意义要等到喝的时候才得以达成。闻着茶的香气,我总会想起贴在茶罐上的便条。双手捧着茶杯,我的心也变得温暖起来。

等待的美学

从简单的事情开始

1. 一直推迟的牙齿治疗
2. 需要手洗的衣服
3. 快要过期的冷冻食品
4. 垃圾分类回收
5. 回复Kakao Talk信息
6. 缴付工作室的电费

去年因为版权问题承受了很大压力,自那以后,我找到了一个解决问题的方法,就是先把让我感到有压力的事情全部记下来,然后从最简单的事开始一个个地解决。

我先用手机把工作室的电费交了,心里舒畅多了。然后,我把堆积的Kakao Talk信息一一回复完,心里更舒坦了。紧接着,我穿上衣服,在去牙科的路上把垃圾分类回收,然后在做完牙齿治疗回来的路上,买了冷冻紫菜卷和两千韩元配着吃的辣炒年糕。回到家后,我先把紫菜卷放在平底锅里煎,煎得焦黄之后蘸着辣炒年糕里的酱吃了下去。吃饱之后,我用手拍着肚子休息了三四个小时,之后拿上需要手洗的衣服去洗澡。我一边用脚踩着衣服,一边洗澡。洗干净之后,我用浴巾擦干身子,再把橘子味精油倒在手上涂抹,然后直接躺到了床上。就这样,积压一整天的压力全都被解决了。

躺在床上,我感到前所未有的幸福,和早上的心情截然不同。

一定要证明给大家看

家门前有一家健身房开设了小团体私教课,因为价格比一对一私教便宜,我便直接报了名。开始运动已经一周了,教练是巴西人,来上课的有一个日本女人、一个加拿大女人、一个韩国男人,加上我一共四个人。第一节课是上半身训练,第二节课是下半身训练,第三节课则是全身运动。因为平时只做一些游泳、打壁球或羽毛球等有氧运动,突然开始做这种锻炼肌肉的运动,我感觉特别吃力,胳膊和腿都练得直发抖。开始运动的首要目标是减肥,但真正使我果断买下私教课的原因是我在群里对朋友们说的那句话:

"我一定要减肥。"

这句话一说出口,就引来了无数建议和训诫。因为都是好朋友,所以大家会时刻确认我吃了什么,叮嘱我运动应该怎么做,等等,大家唠叨起来简直没完没了。所以,这次我在群里宣布"我这次非减下来不可!"后便去健身房买了私教课。虽然大家也是因为担心才对我说那些话,但我说的话显然没有什么可信度。

"我这回一定要证明给大家看!"

虽然练得浑身疼,但既然已经跟朋友们放了狠话,我还是每次都坚持去上课。虽然这样有些像是被一阵大风推着往前走,但不管怎么说,我一直都在坚持!

"周末也要坚持哦,千万别松懈!"

哎哟,又开始唠叨了。好,这次我一定要瘦下来,证明给大家看。

静静度过的每一天都各不相同

什么都不做

"什么都不要做了,赶紧去休息吧!"

这是当我被写作的压力折磨时,朋友对我说的话。今天我真的决定这样做。早上睁眼一看,才五点四十六分,和平时起床的时间差不多。起床之后,我先从冰箱里拿出一瓶水,喝完水之后便坐在茶几前发起呆。我想起了以前交往的男朋友,想起了爸妈和弟弟,也想起了朋友们。到了中午,我拿出妈妈之前送过来的小菜,就着饭吃了起来,吃完之后又去睡了一会儿午觉。

下午晚一些我才起床,一边洗澡,一边看着窗外。我家在三楼,卫生间朝着马路,所以能透过窗户看到对面楼的屋顶及其他住户。因为今天不用赶时间,我便站在浴头下面看着对面那栋楼。对面的阿姨正拎着一个筐上楼。我吓得赶紧关上窗户,只留下一厘米左右的小缝。虽然阿姨看不见我,但我依然能看到阿姨和对面的屋顶,就连路对面的风景也能看得一清二楚。摘完生菜等各种蔬菜之后,阿姨下了楼。

洗完澡,我仔细地往全身涂抹身体乳,突然发觉胳膊肘的皮肤有点粗糙,也意识到该剪脚指甲了。然后,我光着身子在电风扇跟前坐了好久。就这样过了一天之后,我又迫不及待地想继续写作了。偶尔,我也需要这种什么都不用做的时间。

你知道大自然为什么那么美吗

因为它很自然

因为就算草长得参差不齐

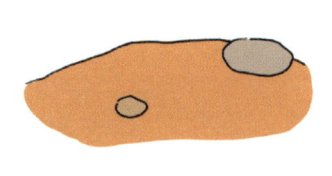
就算沾上了一点土

就算花朵干枯凋零

却因为没有刻意塑造
而让人感觉如此舒服

自然

想念的心情

想念某人的心情就像指甲一样。

每天都在不知不觉中一点点地变长,

等到某天察觉的时候,

其实早已错过了修剪的时期,

它已经变得很长了。

想念的心情,思念的心情,

不论是睡觉的时候,

还是专注于其他事情的时候,

它都会自己生长。

某天,你就会突然发现,

那思念的心情已经长大到无法忽略的地步了。

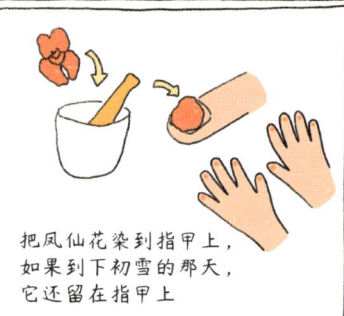

被染红的不是凤仙花，而是我的心

依 然 是 朋 友

"你是不是彦妵啊?"

不久前,我和世妍来到了一家服装店,结果发现那家店竟是高中同学开的。虽然我们当时不是同班同学,上学时却经常在一起玩。高中毕业之后,我们就再也没联络了,没想到她都当上服装店老板了。这家店里有好多衣服都是我喜欢的风格。我平时不怎么爱买衣服,但因为那天朋友给了友情价,所以买了两条连衣裙,还买了一条她强力推荐的牛仔裤。

"你们结婚了吗?"

然后,我们就聊起了往事。虽然已经十五年没见了,但那一刻,我们就像重新回到了高中时一样,热烈地聊了起来。从不久前某人结婚时,新郎在婚礼上大哭的事开始,再到谁生了两个孩子,谁当上了老师……总之,那天我得知了好多被我暂时遗忘的朋友的近况。

当时的我们,什么也没有过问,便自然而然成了朋友。

因此,时隔多年再次相见,我们也依然是朋友。

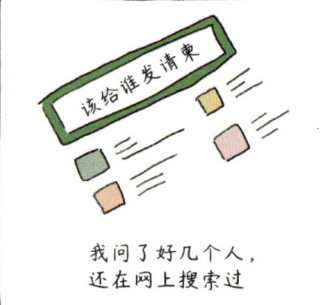

想要一起度过人生中重要日子的那些人

人生的所有场景

周围结婚的人越来越多,甚至好多已经有了孩子。难得点开了Instagram[①],结果看到的第一张就是和朋友长得几乎一模一样的小孩的照片。那孩子简直就是跟自己的爸妈从一个模子里刻出来的,令人不禁感叹基因真是个神奇的东西。虽然我没见过朋友小时候的样子,但如今看到他们孩子的照片,就仿佛看到了当时的朋友。

每对夫妻都是在成人之后结婚的,所以两人对彼此的记忆大约也是从大人的样子开始的。从相识的那一刻开始,夫妻俩一起慢慢变老,记着彼此的模样,然后生下和两人长得十分相似的孩子。他们看着孩子,想象着对方小时候的样子。也许,他们通过孩子得以看到对方的童年,从而了解彼此人生的所有瞬间。结婚真是一件了不起的事情。

---

① Instagram:一款美国的社交软件。

相像的人们，家人

回忆似蜜

回忆就像蜂蜜一样。

它不会像酒精一样轻易挥发,

也不会像火柴一样燃烧后化为灰烬。

回忆会随着时间变得黏稠,

热的时候会变得透明而看不太清,

冷却之后便会凝结起来,变得坚固。

记忆的味道越甜,

回忆便会黏得越紧,不肯轻易掉落。

一张一张地累积起来

耀眼的青春

初夏的某个周五晚上,我去了梨泰院赴约。梨泰院虽然离解放村很近,但夜晚的灯光与解放村截然不同。从人们的穿着和欢腾的气氛中,已经能感受到盛夏的来临。

二十多岁的时候,我常常被暴露的着装吸引,如今吸引我的却是从衣服中露出的那种年轻人才能拥有的有弹性、白嫩的肌肤。就算长了青春痘,就算妆画得不好,但年轻本身就会显得人很清新,就像春天新长出的嫩叶似的。见到朋友之后,我们便聊起了这个话题。

"虽然我们也还年轻,但现在一看,那种青春真美,是吧?"

"是啊,真耀眼。"

连随风飘扬的头发丝都那么美。随后,我问朋友想不想重新回到二十多岁的时候……

"不想,二十多岁的时候可累了,我还是更喜欢现在,你呢?"

"嗯,虽然上了年纪,但我也更喜欢现在的自己!"

"哎呀,搞什么呀!我们可真逗。"

我们平时一个劲儿地说二十多岁多好,但终究还是觉得现在更好。朋友说我眼底的妆花了,伸手帮我擦。现在眼周长出了皱纹,很容易卡粉,所以睡前一定会多抹眼霜。洗澡的时候,会看到比以前下垂的胸部、拜拜肉以及肚腩。

就像不论朋友的家再怎么大,再怎么好,还是觉得自己现在住的地方最舒服一样,我还是更喜欢现在的自己。年轻的时候不知道自己有多美,就匆匆度过了大好时光。想必再过一段时间之后,我应该也会怀念现在的自己,意识到现在的我有多美吧。

没有计划便是计划

　　我和恩善约好了要一起去香港旅行，其实我想去的并不是香港。我对逛街不怎么感兴趣，也不太喜欢华丽的城市，所以一开始并没打算去那里。然而最终选择去香港旅游的原因是机票很便宜。我们俩的收入都不太稳定，再加上我已经好几个月没有工作了，而恩善在海外当作家，她的工作也不太顺利，所以价格对我们来说是最重要的考虑因素。

　　虽然我们俩是第一次去香港，也是第一次一起去海外旅行，但我们没有制订任何计划。我们俩都不是那种会提前把旅行路线安排好，把日程排得满满当当的人。看到价格合适的酒店就直接订下，选饭店的时候也是慢悠悠地走在路上，看到哪家店当地人去得多，便想也不想地进去坐下。

　　所以在香港的那段时间过得很松懈，心里却十分舒坦。恩善忘记带内衣过来，就在香港多买了两件，而我因为最后一天没有衣服穿，便买了一件三万八千韩元的连衣裙。

因为我们俩都没有带转换插头,所以只能轮流给手机充电,而且因为都没带充电宝,也没能多拍几张照片。尽管如此,我感觉很久都没有过这么舒心的旅行了。

降 噪

朋友说自己买了一副新耳机，顺便给我介绍了一下耳机的降噪功能。戴上耳机之后按下降噪键，咖啡馆里嘈杂的噪声瞬间消失，仿佛独自一人待在空荡荡的空间里。正当我在心里想着"声音怎么没了"的时候，她解释道，降噪的原理是通过发出与收到的噪声相等的反向声波，从而与原噪声相互抵消。这真是太神奇了。

当我在回家的路上不停感叹着神奇的降噪功能时，突然下起了倾盆大雨。我说我喜欢雨声，结果朋友又让我戴上耳机。当她开启扩音功能时，雨声顿时变得很大，就好像自己变成了一把雨伞，正淋着倾盆大雨一般。

耳机竟然能随心所欲地控制声音，想去掉就去掉，想放大就放大！这简直就是魔术呀，魔术！

空间发出的声音

好好藏起来

我常常会把笔记本电脑和平板电脑藏起来。出门旅行或回老家住几天时会这样,就连晚上出去赴约的时候,也会因为不安而把它们藏好。虽然它们确实是家里最值钱的东西,但更重要的原因是我的画和文章都储存在里面。

我每次都会把它们藏到不同的地方。我喜欢把平板电脑竖着放在书柜里,因为它戴着保护套,和书放在一起时根本就不容易分清。至于笔记本电脑,我一般会把它放到床罩下面,然后再用被子盖上。

有一天,我回老家跟爸妈说自己把笔记本电脑和平板藏了起来,结果爸爸笑着说道:"哎哟,你以为人家小偷是傻子呀。"是吗?仅仅一个笔记本电脑和平板电脑就让我不安到把它们好好藏起来,那那些拥有很多贵重物品的人都是怎样生活的呢?

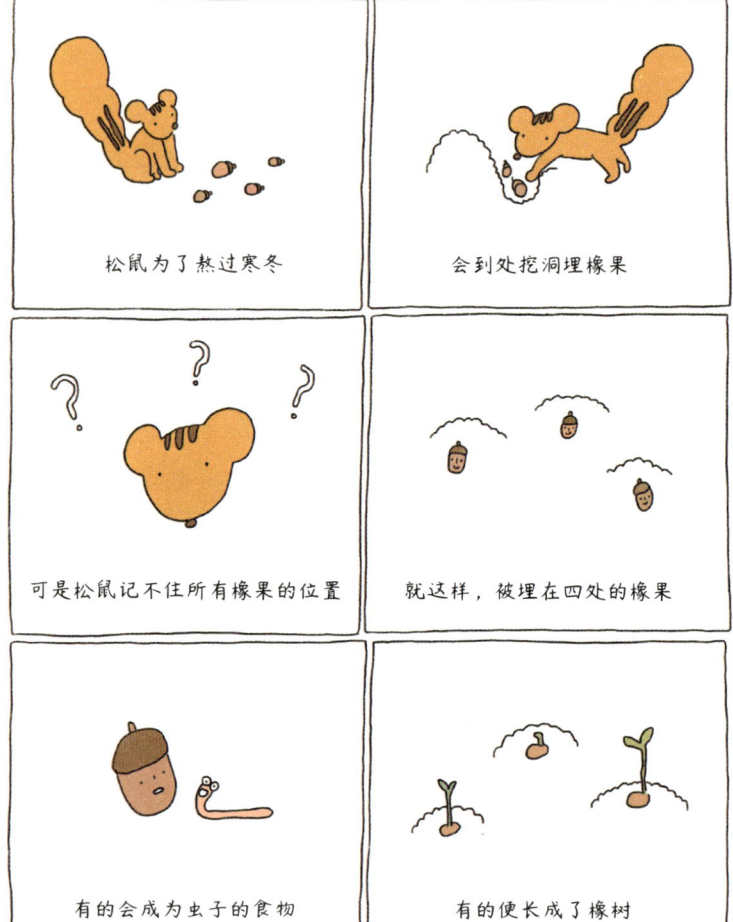

松鼠种下的橡树

下雨时

雨季来了。

下雨天时,内心会变得舒畅。

我会放下手中的工作,静静地听音乐。

下雨天时就算约会迟到了,

对方也会宽容地说:"没关系,路上注意安全。"

因为喜欢下雨的声音,

我会站在窗边久久地望着窗外。

我喜欢雨季。

下雨时,

互相说着"记得带伞""多穿点衣服,别着凉",

这样的日子真好。

困在屋里时得到的东西

并非理所当然的事情

早上吃的热乎乎的饭,

朋友发给我的加油短信,

自己也能茁壮成长的盆栽,

每次见面都会笑着打招呼的邻居,

准时到达的社区公交车,

有趣的书和音乐,

几年来常去的饭店,

没有一样是理所当然的。

真的没有。

剥开洋葱，收拾好后切成小块，把蒜剁成碎末	取出一点妈妈做的大酱，切好昨天买的牛肉，把牛肉、洋葱和蒜末用香油炒一炒 
把淘米水倒进锅里 	然后再把收拾好的西葫芦、土豆、蘑菇切成小块放进去 
等到汤沸腾的时候，切点葱和豆腐放进去 	最后放点盐来调味 
	真好吃　嘿嘿 

制作美味大酱汤的方法

后　记

　　为了在家做一次麻辣烫，在网上购买食材的时候，我发现一个网友买完香菜后留下的评价，上面写着"我特意买了有根的香菜，我发现香菜好像比较喜欢阴凉的环境"，还配了一张被剪得很短的香菜种在小花坛里的图片。我也想试着把做完菜剩下的香菜种在花盆里，所以就买了一百克，结果第二天收到了八根带根的细长香菜。

　　种带根的香菜和种其他植物的方法相同，先往有孔的花盆里铺上一层叫作砂石的较粗的沙子，再往上倒一些松软的土盖住香菜的根，然后把盆栽放到阴凉处休息一周左右。过几天后，给需要移到更大的花盆的植物或渐渐枯萎的植物换盆时，也要在充分地浇完水之后，把它们放到没有阳光的阴凉处休息几天。就这样休息几天之后，有时候奄奄一息的植物也会重新抬起头，恢复生机。个头小的植物也会渐渐长大，长出嫩绿色的叶子。

　　不只是植物如此，春天、夏天、秋天到处活动的大熊，到了冬天也会挖个洞进去冬眠。敏捷的小松鼠、大嗓门的青蛙，到了冬天也会停止一切活动，开始冬眠。伟大的大自然虽然无所不能，但一到冬天，所有生物都会蛰伏起来，休息一段时间。

我以"鸭子小姐"这个笔名工作了五年，其间从未休息过。在这段时间里，我出了四本书，还为"鸭子小姐"这个笔名的版权问题苦恼过。后来我意识到不能再这样下去了，便停下了所有工作。与其说是我自己做出的选择，不如说是因为自我消耗太大，不得已才这么做的。就这样，我拥有了属于自己的时间。

之前我的脑子里只有工作，而这样的我，突然有了一天、几天，不，是有了好几个月属于自己的时间。无事可做、在家发呆的第一个月，我感到浑身难受，以至于在网上搜索该如何休息，反而比之前工作时更忧郁了。

然而当我熬过那段时间后，生活便开始发生变化。以前我一般都是随便找些东西填饱肚子，如今我吃的都是用新鲜的食材亲手做出来的料理。想去的美术馆也几乎都去逛了一遍。不仅如此，我还去了束草、济州岛、原州、釜山、越南旅游，把没看过的电影和电视剧也刷了个遍。有时会去逛花卉市场，有时会去朋友家玩，有时也会去看侄子。有时能在家里睡一整天，有时也会给要感谢的人写封信。我也会去爸妈家做饭吃，还会在菜园里摘蔬菜。我读了很多书，吃了好多美食，还会定期去运动。总之，我做了自己想做的事，做了令自己感到开心的事。

早上起床后，不用为了处理某事而不停地忙碌，静下来享受闲暇时光的时候，感谢的事情、高兴的事情便会一件件地浮现在脑海里。虽然也想到过伤心的事，但我有充分的时间整理自己的想法与心情。与为了征询他人的意见连自己独自思考的时间都没有的时候不同，我拥有了完全属于自己的时间。

像这样充分休息之后，我又重新开始工作。以前写书的时候,如果有插画的外包工作,我一般想也不想便会直接接下,但现在的我只会郑重地拒绝。虽然快到截稿日期了,但晚上我也会抽出时间来上网、看书或看电视剧。到了周末便会敞开窗户,让植物呼吸新鲜空气,然后自己也会出去透透气。我决定给自己一点时间。

图书在版编目（CIP）数据

　　我决定给自己一点时间 /（韩）李彦妊著；朴正敏译. -- 成都：四川人民出版社, 2022.5
　　ISBN 978-7-220-12536-2

　　Ⅰ. ①我… Ⅱ. ①李… ②朴… Ⅲ. ①散文集—韩国—现代 Ⅳ. ①I312.665

中国版本图书馆CIP数据核字(2022)第031825号

나에게 시간을 주기로 했다 (Giving Myself Time)
Copyright © 2018 by The Lady Duck
All rights reserved.
Translation rights arranged by Suo Books,Inc.
through May Agency and CA-LINK International LLC.
Simplified Chinese Translation Copyright © 2022 by Tianjin Shutian Book Co.,Ltd.
四川省版权局著作权合同登记号：21-2022-57

WO JUEDING GEI ZIJI YIDIAN SHIJIAN
我决定给自己一点时间
[韩]李彦妊 著　　朴正敏 译

出 版 人	黄立新
出 品 人	武　亮
监　　制	郭　健
责任编辑	魏宏欢
责对校对	舒晓利
产品经理	星　芳
装帧设计	末末美书
出版发行	四川人民出版社（成都三色路238号）
网　　址	http://www.scpph.com
E-mail	scrmcbs@sina.com
新浪微博	@四川人民出版社
微信公众号	四川人民出版社
发行部业务电话	（028）86361653　86361656
防盗版举报电话	（028）86361653
照　　排	天津书田图书有限公司
印　　刷	天津光之彩印刷有限公司
成品尺寸	130mm x 185mm
印　　张	8.25
字　　数	110千
版　　次	2022年5月第1版
印　　次	2022年5月第1次印刷
书　　号	978-7-220-12536-2
定　　价	49.00元

■版权所有·侵权必究
本书若出现印装质量问题，请与我社发行部联系调换
电话：（028）86361656